Déchu

Danielle Paquette-Harvey

1984 -

Couverture par Daniele Paquette-Harvey

ISBN 978-1-998458-02-8 (livre de poche)

Première édition : Décembre 2022

Publié par : Danielle Paquette-Harvey

http://daniellephauthor.com

https://www.instagram.com/daniellephauthor

Inscrivez-vous à ma liste de diffusion pour ne rien manquer !

daniellephauthor.com

Suivez-moi

- Facebook : Danielle Paquette-Harvey, auteur
- Instagram : daniellephauthor

Autres livres de l'auteur

Tous mes livres sont disponibles sur Amazon.

Préquelle à cette série

- La prophétie (*disponible sur amazon*)
  ISBN 978-1-7775721-9-8

Série Âme sœur du désir

1. Ennemis Ancestraux (*disponible sur amazon*)
   ISBN 978-1-7782178-0-7

2. Un péché d'amour (*disponible sur amazon*)
   ISBN 978-1-7775721-5-0

3. Déchu (*disponible sur amazon*)
   ISBN 978-1-7782178-9-0

Série Sang et baisers

1. Roi maudit — ISBN 978-1-7388313-6-4
2. L'éveil – bientôt disponible

Série La fille du demi-ange

1. Dévorée par les ténèbres — bientôt disponible

Y'vagroth
Sanctuaire Naïad
Terres des Elfes de la lune
Sanctua...
Déesse de
Cabane
Meute Leila
Montréal
Bosquet sacré des nymphes Melia
Fleuve St-Laiurent
Meute Sam
Lac Dormant
Chalet
Ruines Ancienne meute
Sépulcre Eurynomos

Château d'Ashton
Delos
Mytvathyr
Vallée de Nysa
Château des vampires
Montagnes Nokgrath

Danielle Paquette-Harvey

Déchu

Avertissement

Ce livre contient des expressions québécoises. Il a été traduit au Québec. Il est possible que certaines expressions soient un peu différentes qu'en France.

Bonne lecture !

Contenu

Chapitre 1 (Will)

Un nouveau voyage

Les orcs ont fait irruption dans la pièce. Les dragons ont essayé de nous défendre, attaquant les assaillants et nous protégeant avec leurs corps. Des rochers sont tombés du plafond. Mais je m'en fichais. Sa peau était si froide, et pourtant je ne voulais pas la quitter. Damien est descendu de son dragon et m'a forcé à déposer le corps de Leila sur le sol. Il me parlait en hurlant par-dessus le bruit des orcs. Je n'entendais rien. Je fixais son corps sans vie. Comme j'avais envie d'embrasser ces lèvres délicates ! Je ne pouvais pas vivre sans elle. Mon loup hurlait de douleur. Le lien d'âmes soeurs était rompu. Ça me torturait. Mon coeur était brisé. J'avais mal au ventre.

Une hache s'est balancée juste devant mon visage. Je me suis retourné juste à temps pour voir Damien se battre contre un guerrier orc.

« Allez, Will ! On doit y aller ! » cria Damien après avoir tué l'orc. Il est remonté sur son dragon blanc et m'a fait signe de faire de même.

Il s'est envolé par le trou du plafond, avec les autres. J'étais maintenant seul avec Ladon et ma bien-aimée Leila : mon trésor, mon tout. L'épée sacrée était toujours logée dans sa poitrine. Le sang a souillé ses vêtements, ainsi que mes mains.

Les orcs attaquaient férocement maintenant. Ladon me défendait, mais il allait bientôt être débordé. Devrais-je me laisser tuer ? Quel était l'intérêt de vivre si je ne pouvais pas être avec la femme que j'aime ?

Mon loup m'a grogné après. Il avait raison. Leila ne voudrait pas que nous nous sacrifions juste comme ça. Elle s'est sacrifiée pour nous aider à combattre le démon. Si je devais mourir, cela voudrait dire que sa mort n'a servi à rien. La colère a éclaté dans ma poitrine.

J'ai retiré l'épée sacrée de la poitrine de Leila juste à temps pour parer la massue d'un orc. Des gouttes de sueur et de bave de l'orc m'ont éclaboussé le visage. La créature grotesque semblait surprise par ma force.

J'ai crié de rage, « Je ne mourrai pas, aujourd'hui ! »

Penser à Leila m'a donné de la force. J'ai été soudainement rempli d'une envie de vivre. Je ne voulais pas que sa mort soit vaine.

Je me suis accroupi et j'ai balancé la lame de l'épée vers le haut, tranchant le bras de l'orc. Un cri de douleur a résonné de la créature, éclipsant tous les autres sons. Le bras est tombé lourdement sur le sol, la massue toujours serrée dans sa main. Un grand bruit résonna dans la pièce lorsque l'arme massue heurta le sol. Le bras rebondit légèrement sur le sol et un morceau de muscle s'en détacha, tombant un peu plus loin. La pièce est devenue silencieuse. Tout le monde fixait le bras sans vie, gisant dans une mare de sang.

Je n'ai pas attendu qu'ils s'en remettent. J'ai grimpé sur le dos de Ladon.

« Je suis tellement désolé de t'abandonner », ai-je murmuré à Leila alors que nous nous envolions à travers le trou dans le plafond. Des larmes ont coulé sur mes joues. J'ai serré les dents, essayant de repousser la douleur et la tristesse, ne laissant place qu'à la colère dans mon cœur.

Les autres m'attendaient sur leurs dragons.

« Vite ! » dit Damien, « Nous devons retourner au château. Bianca nous attend. »

J'ai volé juste devant eux. Je savais exactement où je voulais aller.

Damien m'a crié : « Où vas-tu ? Le château est au sud, pas à l'ouest. »

« Ce bâtard me l'a enlevée. Je vais prendre sa vie de mes propres mains. »

Je n'ai pas attendu qu'ils répondent à quoi que ce soit. Je n'ai laissé personne essayer de m'arrêter. J'ai continué à voler vers l'ouest, en regardant le paysage sombre de novembre. La nature semblait aussi morte que ma douce Leila.

*********** PDV de Blake ***********

J'ai regardé, choqué, Will s'envoler sur son dragon. Cara a crié, essayant d'attirer l'attention de son amant, mais Ladon ne s'est pas retourné. Le loup de Will était son Alpha. Il suivrait ses ordres jusqu'à la fin du monde, malgré son amour pour Cara.

Ravynne a crié, « Arrêtez-le ! Il va se faire tuer. »
Je savais qu'elle avait raison, mais je connaissais aussi Will. C'était un Alpha. Il avait l'âme d'un guerrier. Rien ne pouvait l'arrêter. Le lien d'âme sœur a été brisé, laissant une blessure dans son cœur qui ne guérira jamais. J'ai regardé Damien. Puisqu'il était mon seigneur vampire, j'irais s'il me l'ordonnait.

« Non », a répondu Damien.

Il était calme, et sa voix inspirait le respect et l'autorité.

« Laissez-le être. Il a choisi son destin. Retournons ensemble au château. »

Je lui ai fait un signe de tête. Ravynne a jeté un dernier regard à Will, puis nous a suivis.

Nous avons volé vers le sud en direction du château des vampires. Partout où je regardais, il semblait qu'il y avait une invasion de l'armée du démon. Ils détruisaient les fermes et attaquaient les villageois. Les gens étaient envahis. Les ennemis volants s'écartaient de notre chemin car nos dragons inspiraient la peur et le respect. Ils n'osaient pas nous affronter. Même les harpies restaient à l'écart.

J'ai crié à Damien, « Nous devrions les aider ! »

Il a tourné la tête vers moi.

« On n'a pas le temps pour ça. Nous devons nous concentrer sur le démon. »

J'ai acquiescé. Il avait raison. Mais mon dragon était jeune et plein de fierté. Comme moi, il ressentait le besoin d'aider. Il voulait combattre l'ennemi. Il crachait du feu sur les ennemis qui étaient assez proches. Je regardais avec satisfaction les machines volantes des gobelins prendre feu. Le gobelin paniqué venait s'écraser dans sa machine avant d'être écrasé lors de l'impact. Si j'avais de la chance, les ennemis au sol subissaient des dégâts collatéraux en même temps.

Nous avons continué vers le sud, en survolant la vallée de Nysa. Les nymphes se battaient férocement. Vu d'en haut, leur magie créait un magnifique étalage de couleurs. J'espérais qu'elles seraient victorieuses dans leur combat contre l'armée du démon. Peu importe à quel point je voulais les aider, je savais que les ennemis continueraient à affluer si nous ne nous occupions pas du démon. Damien avait raison. C'était un bon et sage Seigneur. J'étais fier de pouvoir servir sous son règne.

Bientôt, le château est apparu. J'ai été choqué par ce que j'ai vu. Des ennemis grouillaient partout autour du château, frappant à la porte. La porte principale avait été percée. Nos soldats se battaient toujours contre l'ennemi, mais beaucoup d'entre eux semblaient être blessés.

Sur le sol, des piles de cadavres étaient étalées. On pouvait sentir l'odeur du sang jusque dans les air. Que s'était-il passé pendant notre absence ? Je pensais que notre armée était assez forte pour protéger le château. J'ai regardé Damien. Sa mâchoire était serrée. Je pouvais comprendre ses inquiétudes. La reine était au château. J'espérais qu'elle était en sécurité.

« Éliminons-les ! » a ordonné Damien.

Le dragon de Ravynne était vieux. Il restait en l'air pour combattre les gobelins volants. Ravynne a commencé à lancer des sorts. Les pouvoirs de sorcières étaient assez puissants pour attaquer le sol depuis le ciel. Tous les deux formaient une grande équipe.

Clara a commencé à cracher des éclairs d'énergie blanche, poignardant les ennemis depuis les airs. J'étais stupéfait par sa vitesse et son agilité.

Damien et moi avons plongé au sol. Nos dragons laissaient des traînées de feu, stoppant l'avancée de l'armée du démon. Les cris des orcs qui prenaient feu et l'odeur de la peau brûlée étaient délectables.

J'ai ri en atteignant le sol et en descendant de mon dragon. J'ai ramassé une épée sur le sol et j'ai commencé à trancher les ennemis. J'avais envie de me battre depuis un moment. Rien ne pouvait battre le cri de mort d'un ennemi.

J'ai entendu un bruit et me suis retourné juste à temps pour voir Damien arracher la chair d'une des créatures. Il tailladait avec ses ongles, les démembrant. Je suppose que la peur de perdre sa compagne le rendait désespérément dangereux. D'un grand coup de pied sur le sol, il a envoyé une onde de choc d'énergie qui a fait tomber tout le monde. J'avais oublié à quel point le seigneur vampire était fort.

Rapidement, je me suis levé et j'ai commencé à tuer autant d'ennemis que possible pendant qu'ils étaient encore abasourdis. Avec l'aide des dragons, nous avons réussi à tuer toutes les créatures restantes.

Haletant, j'ai laissé mon épée tomber sur le sol. J'étais sale, en sang et en sueur, mais je me sentais bien. Cela faisait un moment que je n'avais pas eu un bon entraînement. La satisfaction m'a envahi lorsque j'ai regardé les cadavres sur le sol.

Derrière nous, les portes du château se sont ouvertes. Je me suis retourné pour voir Kate courir vers Damien.

« Damien ! » s'est-elle écrié en se laissant tomber dans ses bras.

Elle ne se souciait pas qu'il soit sale et plein de sang, la joie de le voir la remplissait. Il l'a serrée très fort dans ses bras, la soulevant du sol tandis qu'ils s'embrassaient.

« Pourquoi ne m'as-tu pas dit que les choses allaient mal ? » lui a-t-il crié, avant d'ajouter plus doucement : « Quelque chose aurait pu arriver à toi et au bébé… »

Ses derniers mots étaient un murmure. L'idée de perdre sa femme et son bébé lui rongeait l'âme.

En les écoutant parler, j'avais l'impression de m'immiscer dans un secret que je n'étais pas censé entendre.

J'ai tourné la tête pour voir Bianca sortir du château en courant.

Elle souriait joyeusement et nous criait : « Vous avez réussi ! Vous avez brisé la malédiction ! »

Elle s'est arrêtée et a froncé les sourcils en regardant autour d'elle, réalisant soudainement.

« Où est Will ? Où est Leila ? »

J'ai échangé un regard avec Ravynne. « Rentrons à l'intérieur », a suggéré Damien. Nous avons tous hoché la tête et l'avons suivi.

« Amenez les blessés à l'intérieur du château », ordonna Kate. « Emmenez-les dans la salle de bal. Nous y installerons une infirmerie. Elwin les soignera. »

Les soldats ont commencé à aider les blessés à atteindre le château.

« Je peux aider aussi, » a proposé Ravynne.

« Super ! Va rencontrer Elwin, » répondit Kate. Elle a fait signe aux soldats.

« La porte principale doit être réparée. Nous devons construire des fortifications. Il y aura d'autres vagues à venir. Tous ceux qui ne sont pas blessés doivent se préparer pour la prochaine vague d'ennemis. » Tout le monde s'est mis au travail. Les dragons ont fait comprendre qu'ils restaient pour défendre le château également.

Damien a passé ses bras affectueusement autour des hanches de sa femme. Il lui a adressé un sourire alors qu'ils marchaient vers le château.

« C'était une bonne décision de laisser les châteaux entre tes mains. Tu es une grande reine, mon amour. »

J'étais heureux pour leur amour, mais ce n'était pas pour moi. Je n'avais jamais été du genre romantique. La seule chose que j'aimais, c'était me battre. C'est tout ce que je n'ai jamais eu dans ma vie. Me donner à fond dans la bataille jusqu'à ce que mon corps veuille se dérober sous moi. L'excitation d'un combat, savoir qu'un seul d'entre nous survivra. C'est ce qui faisait battre mon coeur plus vite.

L'intérieur du château était aussi beau que jamais. Aucun signe de bataille ne pouvait être vu. Le marbre était intact, ainsi que les statues et les broderies. La seule chose qui trahissait la guerre qui avait fait rage à l'extérieur était les soldats blessés qui arrivaient dans la salle de bal. Ravynne avait rejoint Elwin à l'intérieur de la salle de bal et aidait à soigner les blessés.

J'ai suivi Bianca, Kate, et Damien dans la salle du trône. Steven a embrassé Bianca quand elle est entrée dans la pièce. Arius était là, avec une femme elfe que je n'avais jamais vue. Il semble que le destin lui ait donné une seconde chance en amour. J'ai souri. C'était agréable de voir mon ami si heureux. Toutes ces démonstrations d'affection me tapaient sur les nerfs. Qu'est-ce que j'avais fait pour être entouré de couples ? Je me languissais du moment où je pourrais retourner sur le champ de bataille.

« Maintenant que nous sommes ici, tu ne veux pas me dire où sont Will et Leila ? » a demandé Bianca.
J'ai attendu que Damien parle. Il était le seigneur, c'était à lui de le dire.
« Leila est morte », a-t-il dit calmement.
Bianca et Kate ont sursauté. La salle est devenue silencieuse, tout le monde attendant son explication. « Pour briser la malédiction, elle a dû être sacrifiée... Elle était le trésor bien-aimé de l'énigme. »

« Elle est morte... à cause de moi », a murmuré Bianca, des larmes silencieuses coulant sur ses joues. Kate pleurait silencieusement dans les bras de Damien.

Ce n'était pas bon. Leila n'aurait pas voulu ça.

« C'était son destin », ai-je répondu d'une voix forte. Ils se sont tous tournés vers moi alors que je continuais.

« Leila était destinée à être sacrifiée depuis la nuit de sa naissance. Elle portait une marque sur son cou. Transmise de génération en génération, à travers l'histoire de sa meute. Elle savait ce qui devait être fait, et elle a accepté son destin. »

« Ça ne rend pas les choses plus faciles », a reniflé Bianca.

Damien a répondu avec douceur, « Je sais, mais elle s'est sacrifiée pour que nous puissions combattre le démon. Nous devons avancer de l'avant. »

Il avait raison. Si nous ne voulions pas que son sacrifice soit vain, nous devions poursuivre le démon. Tout le monde a acquiescé.

« Mais alors, où est Will ? » a demandé Bianca d'une petite voix.

Damien soupira, regardant le sol. « Après la mort de Leila, il s'est envolé sur son dragon, jurant qu'il prendrait la vie d'Eurynomos. »

« Non ! » a crié Bianca. « Je suis la fille de la Déesse de la Lune ! C'est mon devoir de le faire. Il ne sera pas capable de le faire. »

J'ai maudit. C'est ce que je craignais. Que ce soit lié d'une manière ou d'une autre à la Déesse de la Lune. Mais c'était trop tard. Il était déjà parti.

« Nous ne pouvions pas l'arrêter. Il a choisi son destin », a répondu Damien.

Le doute s'est insinué dans mon esprit. Nous n'avons même pas essayé. Peut-être aurions-nous pu le rattraper si nous avions essayé ? Était-ce trop tard ? Pourrions-nous encore le trouver si nous y allions maintenant ?

« Assurons-nous que nous sommes préparés pour la prochaine vague », répondit doucement Kate. « Ensuite, nous allons préparer notre prochain plan d'action. »

Elle faisait une bonne reine, même si elle n'était pas un vampire. Will était aussi son frère, mais elle contenait mieux ses émotions que sa soeur Bianca. Elle était vraiment une digne compagne pour notre seigneur vampire.

« Je vais aider à la préparation des archers », dit la femme elfe.

« Merci, Elashor », répondit Kate. Arius a attrapé la main d'Elashor et l'a embrassée amoureusement avant de la laisser partir.

Je lui ai souri. « C'est bon de te voir heureux à nouveau. »

Il a gloussé faiblement, « Merci, Blake. »

Je suis sorti de la chambre. Les batailles précédentes avaient laissé mes vêtements souillés par le sang de mes ennemis. J'étais sale. Une douche chaude me fera du bien. Je ne refuserais pas non plus de manger un vrai repas.

*********** PDV de Bianca ***********

Les gens se sont attelés aux réparations du château. Le bruit des marteaux et des gens qui parlent remplissaient la pièce. C'était comme si rien ne s'était passé. Je me sentais abattue. Leila avait été tuée à cause de moi. Comment pourrais-je vivre avec moi-même à nouveau ? Je n'ai jamais voulu que quelqu'un meure. Maintenant, à cause de moi, mon frère avait perdu son âme sœur. Est-ce qu'il me détesterait ? Est-ce qu'il me reparlerait un jour ? Nous ne savions même pas où il était. Il est parti tuer le démon tout seul. Le démon que *j'*étais destinée à affronter. Je ne voulais pas avoir sa mort sur ma conscience aussi. Mes mains ont commencé à trembler. Je n'ai pas pu retenir mes larmes. Je me sentais tellement coupable de ce qui s'était passé.

« Hey ! » Je me suis retournée. Mon doux Steven était là, me souriant gentiment. Ses cheveux blonds étaient en désordre, mais je trouvais qu'il était sexy comme ça. J'ai essuyé les larmes de mes joues.

« Steven. »

Il a enroulé ses bras forts autour de moi. La chaleur de son corps apaisait ma douleur.

Il a chuchoté doucement : « Arrête de te blâmer. »

« Comment as-tu su? »

« As-tu oublié que tu es ma compagne ? » a-t-il demandé avec un sourire en coin. « Je peux entendre tes pensées si tu laisses le lien ouvert. »

Je me suis sentie gênée. Dans le feu de l'émotion, j'avais complètement oublié.

« Mais je suis heureux que tu l'aies fait », a-t-il poursuivi, avant de m'embrasser sur les lèvres.

« Sinon, je n'aurais pas entendu ta tristesse. Tu serais restée seule, à supporter toutes ces pensées toute seule. »

J'ai posé ma tête sur sa poitrine, écoutant son cœur.

« Mais c'est vrai... »

« Non, ça ne l'est pas ! Tout le monde était conscient des dangers lorsqu'ils se sont embarqués dans cette aventure. Si quelqu'un est responsable, que ce soit Eurynomos. »

Avait-il raison ? Pouvais-je vraiment croire que je n'étais pas responsable de la mort de Leila ? J'ai levé les yeux vers lui, cherchant une réponse. Ses yeux bleus étaient pleins de conviction.

« Merci, je vais essayer d'arrêter de me blâmer. »

Je me suis forcé à sourire. Steven a souri.

« Je continuerai à te surveiller. Je te le dirai autant de fois que tu auras besoin de l'entendre. Je continuerai jusqu'à ce que tu arrêtes de te blâmer. »

J'ai gloussé. Steven était si gentil. J'étais bénie d'avoir un si bon compagnon.

« Sais-tu au moins à quel point je t'aime ? »

Il a souri et a attrapé mon menton avec sa main.

« Oh oui, je le sais ! » a-t-il chuchoté avant de m'embrasser.

Son baiser a fait disparaître tous mes soucis. Mon cœur s'est mis à battre plus vite alors que nos langues dansaient ensemble. J'ai ouvert les yeux lentement quand nous avons rompu le baiser.

Nous avons marché jusqu'à l'un des balcons. Les réparations étaient en bonne voie. Lilith et Zach donnaient des ordres. Les soldats et les ouvriers suivaient leurs ordres, ce qui nous permettait d'être prêts lorsque la prochaine vague nous frapperait. Elashor préparait les archers, leur donnant des conseils pour éviter d'être blessés par les ennemis. Même Blake était là, aiguisant les épées et s'assurant que toutes les armes étaient en bon état. Mais ce qui m'a le plus étonné, ce sont les dragons. C'était irréel de voir ces quatre gros dragons se reposer dans la cour. Je n'avais jamais vu de créatures aussi puissantes. Penser qu'ils étaient prêts à protéger le château contre l'armée du démon était rassurant.

Steven a émis un long sifflement d'admiration en s'appuyant sur la balustrade.

Il m'a demandé : « Majestueux, n'est-ce pas ? »

« Oui, ils le sont ! Je ne savais même pas que les dragons existaient. »

« Moi non plus. »

« Je me demande ce que ça ferait de toucher leur peau. »

Ces créatures légendaires semblaient irréelles. Je me suis demandé s'ils me laisseraient les toucher. Les dragons aimaient-ils être caressés ?

Steven a réfléchi avant de répondre : « Je suppose qu'ils sont un peu comme un lézard. »

J'ai acquiescé, déçue, mais il avait raison. D'une certaine manière, j'aimais imaginer qu'ils étaient duveteux et doux. Mais ils avaient des écailles sur le dos. Ce ne serait pas comme caresser un chaton.

Il a ajouté : « Blake a dit que le dragon de Will avait six têtes. »

Je me suis exclamée : « Wow ! Ça doit être incroyable à voir ! »

« Avec un peu de chance, nous pourrons le voir quand Will nous rejoindra. »

« Penses-tu... qu'il reviendra au château ? »

Steven a haussé les épaules. « Peut-être. »

Je serais ravie si Will revenait au château avec nous.

« Je l'espère », ai-je murmuré.

Il s'est tourné vers moi, comme s'il se souvenait soudainement de quelque chose.

« Eh bien, maintenant que la malédiction est brisée, ne devrions-nous pas nous préparer à affronter ce démon ? »

Je lui ai fait un signe de tête. « Oui, mais je ne suis pas sûre de savoir comment le faire. »

« Tu m'as dit que tu as senti ton pouvoir magique augmenter quand la malédiction a été brisée, non ? »

J'ai encore hoché la tête. C'était vrai. Une poussée de puissance magique m'a remplie quand la malédiction avec le démon a été brisée. Je me suis sentie si puissante.

« Oui, mais je n'ai aucune idée de comment utiliser cette magie. »

Steven a tenu son menton tout en réfléchissant. « Pourquoi ne pas demander à Elwin et Ravynne ? Ravynne est une sorcière, et Elwin est le sorcier du château depuis des siècles ! Sûrement, l'un d'entre eux saura ? »

J'ai hoché la tête, excitée. « Oui ! C'est une excellente idée ! »

Nous nous sommes dépêchés de retourner à l'intérieur de la salle de bal. La pièce ne ressemblait en rien à la dernière fois que j'y étais allé. Des dizaines de soldats blessés étaient allongés sur des civières. Ça sentait l'alcool et le désinfectant. Elwin avait apporté un établi sur un côté de la pièce. Il mélangeait les bons ingrédients sur son établi, les ajustant aux besoins de la personne qu'il soignait. Puis il apportait la potion préparée à son patient. De l'autre côté de la pièce, Ravynne récitait des sorts, un vent blanc tourbillonnant autour d'elle tandis qu'elle soignait les blessés. Les potions d'Elwin prenaient un certain temps pour guérir complètement, mais les sorts de Ravynne étaient instantanés. Nous étions si chanceux d'avoir une sorcière aussi puissante avec nous.

« Elwin ! » J'ai crié, et j'ai couru vers lui. Il a laissé tomber la potion sur laquelle il travaillait et s'est tourné vers moi.

« Qu'y a-t-il, ma gente dame ? Je suis plutôt occupé en ce moment. »

« Je sais. J'ai besoin de votre aide. »

« Comment puis-je vous aider ? »

« Eh bien, vous voyez, depuis que la malédiction du démon a été brisée, j'ai retrouvé mes pouvoirs. Mais je n'ai aucune idée de comment les utiliser. »

Ravynne nous a rejoint pendant que nous parlions.

Elle a commenté : « Apprendre à contrôler tes pouvoirs sera essentiel dans notre combat contre le démon. »

« Je sais, c'est pourquoi je suis venu voir Elwin, ou toi, Ravynne. Avez-vous une idée de comment je pourrais apprendre à m'en servir ? »

Elwin passat une main dans ses cheveux pendant qu'il réfléchissait. Ravynne répondit : « Je ne sais qu'enseigner la magie aux sorcières. Même si cela pouvait s'avérer utile pour vous, il faudrait des mois pour maîtriser les magies des sorcières. Je crains que nous n'ayons pas le temps pour cela. »

Je lui ai fait un signe de tête.

« Je sais ! » s'exclama Elwin, avant de poursuivre : « Vous devriez vous rendre à Mytvathyr. C'est la plus grande cité elfique, loin à l'est. »

« Mytvathyr ? » Demanda Ravynne. « Je n'en ai jamais entendu parler. »

Les yeux d'Elwin ont pétillé et un sourire est apparu sur son visage alors qu'il parlait avec passion.

« C'est le siège de la plus ancienne guilde magique de ces terres. Les dirigeants sont des hauts elfes, réputés pour leurs grandes connaissances en matière de magie. J'ai étudié là-bas quand j'étais encore un jeune vampire. Si quelqu'un peut vous apprendre, c'est bien eux. »

Ravynne avait l'air d'être impressionnée par ses connaissances.

« Ça a l'air d'être une super idée ! » Je me suis exclamé. « Allons trouver Kate et Damien. Nous devons leur parler de ça. »

J'ai quitté la pièce avec Steven pendant que Ravynne parlait encore avec animation avec Elwin.

Nous sommes arrivés à la salle du trône et avons tout expliqué à Kate et Damien. Ils ont demandé à tout le monde de nous rejoindre dans la salle stratégique. Un grand bureau en bois remplissait la pièce avec des chaises tout autour. Une grande carte était affichée sur le bureau, nous permettant de voir où Mytvathyr était situé. Aucune route ne menait à la ville, nous devions y aller à cheval. Cela nous prendrait sûrement quelques jours.

J'ai mordu ma lèvre inférieure. J'avais les mains moites. C'était le plus grand voyage que j'avais jamais fait. Il était essentiel que j'apprenne à contrôler ma magie. Tant de choses reposaient sur mes épaules. Et si j'échouais ?
Steven a serré ma main avec amour, me murmurant à travers notre lien de compagnon, « Tout ira bien, mon amour. »
J'étais reconnaissante d'avoir un compagnon si aimant. Il était toujours là pour moi.

J'ai regardé tout le monde. Kate et Damien étaient dans les fauteuils royaux, incrustés de fils d'or. Ils étaient élevés au-dessus de nous. Cela les rendait grandioses. Lilith et Zach étaient penchés sur la carte. Ils pointaient différents chemins, parlant avec animation de stratégies. Blake, Elashor et Arius étaient un peu plus loin, près du coin de la table.
Nous étions une drôle de bande : une elfe, deux loups-garous, la fille de la déesse de la lune et quatre vampires.

Nous avons parlé du voyage, et des risques encourus. Il a été convenu qu'une fois mes pouvoirs maîtrisés, il était possible que nous allions combattre Eurynomos directement. Il était préférable d'amener la force la plus puissante possible à Myt-vathyr, juste au cas où. Mais nous ne pouvions pas non plus laisser le château sans défense. Il y avait aussi la question de Will. Nous ne savions pas s'il nous rejoindrait en cours de route, ou s'il parviendrait à vaincre Eurynomos avant nous.

« Kate restera au château. Avec sa grossesse, il n'y a aucune chance qu'elle combatte un démon », a déclaré Damien.

Tout le monde a hoché la tête en signe d'accord. C'était évident pour tout le monde. Il poursuivit : « Je vais rester ici aussi. Avec la façon dont les choses étaient quand nous sommes arrivés, je ne vais pas la laisser seule. Je veux être là si les ennemis entrent dans le château. »

Il s'est retourné pour la regarder, « Je ne sais pas ce que je ferais si quelque chose devait arriver à toi ou au bébé. »

Je pouvais sentir l'amour de Damien à travers ses mots. Kate avait les larmes aux yeux. Elle était si émue.

« Je veux rester ici », a déclaré Lilith. « Je suis le général. C'est mon devoir de mener mes troupes au combat. »

« Bien sûr », a convenu Damien.

« Je vais rester aussi », dit Zach.

Lilith a rétorqué, « Tu devrais y aller. »

Zach a regardé Lilith avec de grands yeux. « Es-tu sûre ? »

Elle a souri et l'a embrassé sur la joue.

« Tu es fort, mon amour. Je sais que tu survivras. Nous pourrons vivre ensemble pour l'éternité après que le démon ait été éliminé. »

« Super ! » s'exclama Steven. « Alors je suppose que c'est moi, Bianca, et Zach. »

Damien a secoué sa tête. « Blake est l'un de nos meilleurs guerriers. Vous avez vu sa valeur contre les orcs et les gobelins. Il vient avec vous aussi. »

« Ne nous oublie pas ! » Arius a souri. « Elashor et moi sommes forts aussi. »

J'étais sans voix. À nous six, nous serions une force puissante contre le démon.

« Wow ! Merci à tous », j'ai parlé doucement.

« Tu n'as pas à nous remercier », a répondu Steven. « Nous faisons cela pour nous débarrasser de ce démon. »

« Et arrêtez cette guerre », a ajouté Zach.

« Pour pouvoir vivre en paix. » sourit Elashor.

« Et pour que le sacrifice de Leila ne soit pas vain », a ajouté Blake.

Tout le monde s'est tu. Chacun avait sa propre raison de faire ce voyage. Je ne savais pas ce qui nous attendait, mais j'étais heureuse d'avoir mon compagnon et mes amis à mes côtés.

Chapitre 2 (Will)

Réunion

Il ne m'a pas fallu longtemps pour arriver à Montréal. Je volais à basse altitude. Je me fichais que les gens me voient, moi ou mon dragon. Ils étaient attaqués par l'armée du démon, de toute façon. Il était inutile d'essayer de se cacher. Les humains étaient déjà au courant de l'existence des autres races, de toute façon.

J'ai continué à voler vers le centre-ville. Je savais exactement où je devais aller. Damien en avait dit assez quand nous étions dans le bosquet sacré d'Ares. L'entrée des Enfers se trouvait dans une des stations de métro. Je n'avais pas besoin de plus. J'étais sûr de savoir laquelle c'était. C'était la plus grande station de métro de Montréal. Elle avait plusieurs niveaux et reliait tous les autres chemins entre eux.

J'ai évité quelques gratte-ciel en m'approchant, en manœuvrant Ladon entre eux. J'étais content de chevaucher un dragon aussi agile. La Grande Bibliothèque de Montréal est apparue. Un magnifique hommage à la culture et au savoir. Six étages de haut, tout en verre, et juste à côté, la station de métro que je cherchais. La station de métro semblait petite de l'extérieur. C'est parce qu'elle était presque entièrement souterraine.

Des gens se battaient contre des hordes d'orcs et de démons près de l'entrée. Les corps étaient empilés dans les rues. Des rivières de sang coulaient dans les égouts. La rage remplissait mon coeur quand je pensais à toutes les vies que le démon avait prises. En commençant par la vie de mon âme sœur. Mon coeur s'est effondré et mon loup a hurlé d'agonie à cette pensée. Cela me déchirait de l'intérieur, et je me demandais si je pourrais tenir le coup malgré la douleur. Je l'ai chassée. La colère serait mon carburant pour ce que je devais faire.

Ladon s'est baissé, se préparant à atterrir sur le sol. Les gens ont levé les yeux au ciel et nous ont vus. Ils ont crié et ont commencé à courir quand ils ont réalisé qu'un dragon était proche. Si seulement ils savaient que nous étions là pour les aider. Ça ne servait à rien de le leur dire. Une rafale de vent a balayé le sol lorsque nous avons atterri, soufflant la poussière et les petits débris autour de nous.

Les orcs et les démons ont commencé à nous attaquer. J'ai tranché les ennemis avec l'épée qui avait tué ma bien-aimée. Chaque fois que l'épée traversait la chair, je voyais le corps de Leila devant mes yeux. Chaque fois que je tuais, je me souvenais de la tragédie qui s'était produite il y a seulement

quelques heures, ce qui me déchirait intérieurement. Des larmes roulaient sur mes joues tandis que
je grognais à cause de l'effort. Je voulais me transformer en loup et décimer mes ennemis, mais je ne
pouvais pas. Mon loup avait mal à cause de la perte
de sa compagne. Il s'est caché, et je suis resté seul
pour faire face à mon désespoir.

Un démon m'a chargé. Il avait des cornes
de bélier, des yeux rouges et des dents pointues. Sa
peau était blanche et ridée. Les muscles de son cou
étaient deux fois plus gros que sa tête. Il se battait
avec une hache de guerre à double tranchant.
« Tu es à moi ! » a-t-il grogné d'une voix basse et
gutturale.

Il a balancé sa hache sur mon épée. Mes
jambes tremblaient, menaçant de se dérober sous
moi. Mon cœur s'emballait, mes poumons me faisaient mal. J'ai rassemblé toutes les forces qui me
restaient, mais il a continué à pousser la hache, essayant de me faire céder.
L'image du corps sans vie de Leila a passé dans
mon esprit. Son sacrifice ne serait pas vain. J'ai
poussé un cri de guerre et un second souffle d'énergie a envahi mon corps.
« Je ne laisserai personne m'arrêter », ai-je hurlé.

La rage et le désespoir m'ont donné une
force que je ne savais pas que j'avais. J'ai repoussé
la hache du démon et lui ai donné un coup d'épaule,
lui faisant perdre l'équilibre. Rapidement, j'ai balancé mon épée sur lui, le sang jaillissait de son
bras. Il a riposté avec sa hache, mais j'ai évité son
attaque. Nous avons continué à nous battre pendant

un moment, mais j'ai finalement réussi à enfoncer mon épée dans sa poitrine à plusieurs reprises.

Le démon était à genoux, haletant, appuyé sur sa hache de guerre, une main sur sa poitrine. De la sueur et du sang s'écoulaient sur le sol. Il m'a regardé alors que je levais mon épée en l'air. D'un seul coup, je lui ai coupé la tête. Son corps est tombé au sol tandis que sa tête roulait quelques centimètres plus loin, le sang déferlant sur le sol.

J'ai regardé autour de moi et j'ai remarqué que Ladon s'était occupé de la plupart des ennemis. Quelques combattants humains avaient également rejoint le combat. L'armée d'Eurynomos était morte. Les gens me regardaient, ayant peur de s'approcher. J'étais couvert de sang de la tête aux pieds. Mes vêtements étaient sales et déchirés. Je ne me souciais pas de ce que les gens pensaient. J'avais besoin de descendre à la station de métro. Mais la station de métro était bien trop petite pour que Ladon puisse m'y suivre.

Je me suis concentré sur lui. Bien que mon loup se soit coupé de moi, il a accepté de parler à Ladon pour moi, lui ordonnant de retourner au château des vampires. Il serait en sécurité avec les autres.

Le dragon a compris et s'est immédiatement envolé vers le sud-est. Je l'ai observé un moment avant d'entrer dans la station de métro. Les escaliers automatiques étaient arrêtés. Ça sentait l'urine fétide. Des gens s'étaient cachés de l'armée du démon ici, faisant de la station de métro leur refuge. Ils étaient allongés sur le sol et un coin de la station semblait être devenu leur salle de bain. Ils ont tourné la tête quand je suis entré, mais je ne leur ai pas prêté attention. Les seuls sons étaient les chuchotements des gens et le bruit de mes bottes sur le sol.

J'ai descendu les escaliers, traversé les tunnels en béton, jusqu'à ce que j'arrive au premier étage du métro.

Les trains avaient été arrêtés pendant un moment, à cause des attaques de l'armée du démon. De plus en plus de gens se cachaient ici, accroupis ensemble. Les mères essayaient d'étouffer les cris de leurs enfants de peur d'attirer l'attention. Les gens essayaient de se cacher dans l'ombre des murs du mieux qu'ils pouvaient. Leur désespoir ne faisait que renforcer ma colère envers Eurynomos. Il était la cause de toutes nos souffrances. Je ne voulais pas le laisser gagner.

Un vieil homme était debout. Il était grand et mince. Ses vêtements étaient en lambeaux. Ses cheveux étaient longs, blancs et emmêlés. On aurait dit qu'il ne s'était pas rasé depuis des jours. Il lui manquait quelques dents et il sentait comme s'il n'avait pas pris de douche depuis des semaines. Il riait et criait après tout le monde.

« La fin est proche ! Préparez-vous ! La... »

Il s'est arrêté brusquement quand il m'a vu.

Il a pointé son doigt osseux vers moi. « Je t'attendais ! Ce que tu cherches est par ici. »

Il a désigné le niveau inférieur des tunnels, à l'extrême gauche.

« Comment ça, tu m'attendais ? »

J'ai attendu une réponse, mais le vieil homme s'est contenté de rire et a commencé à psalmodier : « C'est la fin. C'est la fin. »

« Tu as perdu la tête, vieux fou », ai-je chuchoté avec aigreur.

Il a tourné la tête brusquement, ses yeux gris me transperçant.

« J'ai perdu la tête, n'est-ce pas ? »

Il s'est mis à courir en riant comme un fou, sautant en bas de la balustrade. Des gens ont crié et des mères ont caché les yeux de leurs enfants avec leur main. J'ai couru vers la balustrade pour voir le cadavre du vieil homme écrasé contre le sol en dessous. Les gens l'encerclaient, le regardant avec horreur.

Cet homme était sûrement fou, n'est-ce pas ? J'ai pensé à cela en descendant les escaliers, à l'étage le plus bas, vers le tunnel qu'il m'avait indiqué. Ce tunnel avait été abandonné, et des panneaux de bois bloquaient le passage. J'en ai enlevé quelques-uns pour me faire un chemin. Une forte odeur de moisi se dégageait du tunnel.

Le tunnel était plongé dans le noir. Heureusement, je n'avais aucun problème pour voir, grâce à ma vue de lycanthrope. Bien que je commençais à m'inquiéter pour mon loup. Je n'étais pas habitué à être coupé de lui pendant une si longue période. Il avait été avec moi pendant des années, et maintenant qu'il était silencieux, je me sentais étrangement seul. Séparé de ma compagne et de mon loup. J'espérais seulement qu'il serait capable de s'en remettre et de revenir vers moi.

Les rats fuyaient alors que je me frayais un chemin dans le vieux tunnel. Plus j'avançais, moins il était structuré et entretenu. Les briques bien stratifiées ont commencé à faire place aux pierres et à la terre. Le tunnel a commencé à ressembler à un tunnel creusé à même la croûte terrestre. Une odeur de soufre remplaçait maintenant l'odeur de moisissure. J'ai continué à avancer et je suis soudain arrivé à une ouverture étrange.

On aurait dit la tête d'une créature géante faite de roche. Ses yeux étaient ronds, et on aurait dit qu'il était effrayé, ou surpris. Sa bouche était grande ouverte, montrant seulement deux canines pointues au sommet. Une odeur nauséabonde s'échappait de sa bouche. Il n'y avait pas d'autre chemin que l'intérieur de sa bouche, où des escaliers semblaient mener vers le bas. Il n'y avait aucun moyen de revenir en arrière, de toute façon. Je me suis prudemment frayé un chemin dans l'étrange ouverture, l'odeur de soufre devenant de plus en plus forte.

************ PDV de Blake ************

Je n'ai pas eu besoin de préparer beaucoup de choses pour notre prochain voyage. J'ai fait aiguiser et nettoyer mon épée. Combattre avec une lame a toujours été ce que je préférais. C'était principalement dû au fait que j'étais un guerrier humain avant d'être transformé en vampire. Contrairement à Arius et Damien, je ne suis pas né vampire. J'étais en train de mourir sur le champ de bataille quand une femme a eu pitié de moi. Elle m'a attrapé et au début, j'ai essayé de résister. J'ai été choqué par sa force. Elle m'a emmené avec elle. J'étais trop faible pour essayer de m'enfuir. Quand nous sommes arrivés chez elle, elle m'a allongé sur un petit lit dans une pièce sombre. Je me suis demandé ce qu'elle voulait de moi. Voulait-elle me tuer ? Alors pourquoi me sauver sur le champ de bataille ? Elle s'est ouvert le poignet et m'a forcé à boire son sang. Je me souviens du goût métallique nauséabond qu'il avait. J'essayais de détourner la tête pour ne pas le boire, mais je ne pouvais pas. C'était comme si elle contrôlait mon corps, et c'était peut-être le cas, maintenant que j'en sais plus. Après cela, elle a quitté la pièce, me laissant seul sur le lit. Je n'ai même pas eu le temps de penser à m'enfuir, avant que toutes les parties de mon corps ne commencent à souffrir de la douleur. J'ai crié à l'agonie, me contorsionnant sur le lit.

La femme est revenue, en disant seulement ces mots, « Ne t'inquiète pas. Tu mourras bien assez tôt. »

Je me souviens encore de la douleur de mourir. La mort est si froide. Je me rappelle la sensation glacée parcourant mes veines et la façon dont mes entrailles se déchiraient. La panique que j'ai ressentie lorsque j'ai réalisé que je ne respirais plus, mais que j'étais toujours en vie... Puis sont venus quelques jours de sommeil tourmenté. Je faisais des cauchemars. Je rêvais de souvenirs qui n'étaient pas les miens. Des souvenirs violents et sanglants, me réveillant désorienté et étourdi. Et l'envie... Une envie de sang, plus forte que tout ce qu'on peut connaître.

Au début, Helena m'a nourri. Mais elle ne donnait qu'un peu de sang à la fois. Elle devait être prudente, ou je pouvais mourir pendant la transformation. Je n'oublierai jamais ce lien intime de se nourrir d'elle. Je la considérais comme ma mère dans la mort.

Elle était un vampire incroyable. Elle m'a appris tout ce que je sais. Comment se nourrir, comment contrôler ma faim. Comment respecter les autres races et comment me comporter. Elle m'a aussi appris à affiner mes nouveaux sens et ma magie vampirique. J'étais heureux avec elle.

Jusqu'au jour où des religieux l'ont trouvée et lui ont percé le cœur avec un crucifix. Je me souviens encore de ce jour. La rage qui m'a envahi. Je les ai tous tués. Chacun d'entre eux. J'ai bu tout leur sang. Rien ne pouvait apaiser ma douleur. Je me suis aveuglément déchaîné, tuant tous les humains qui croisaient mon chemin. Jusqu'à ce qu'un jeune prince me voie. C'était Damien. Il était légèrement plus âgé que moi, mais encore jeune. Il m'a arrêté, m'a amené au château, à son père. Orpheus a vu mon potentiel et m'a assigné à l'entraînement avec les gardes royaux. Même si j'avais mes pouvoirs de vampire, je préférais encore me battre avec une épée. Je suppose que c'est le dernier souvenir de ma vie humaine. Je serai toujours reconnaissant à Damien. S'il n'avait pas été là, j'aurais sûrement trouvé la mort.

Je suis arrivé dans la salle du trône. Tout le monde était déjà là. J'ai incliné ma tête vers Damien. Il m'a répondu par un signe de tête.

Arius a déclaré : « Les routes sont impraticables à cause de l'armée du démon. »

Bianca a demandé, « Devrions-nous prendre les dragons, alors ? »

Damien a secoué la tête. « Les dragons devraient rester ici pour aider à la défense du château. »

« Alors comment allons-nous voyager ? » a demandé Bianca.

« Nous devrions prendre des chevaux, et voyager à travers la forêt, » répondit Steven.

Voler n'était pas une option. Elashor était elfique, Bianca était humaine, et Steven était un loup. Les chevaux n'étaient pas mes préférés, mais c'était ce qu'il y avait de mieux après, et cela nous amènerait à notre destination.

Kate annonça : « J'ai fait préparer des tentes et de la nourriture pour votre voyage. Vous aurez besoin de vous reposer quelque part en chemin, car il vous faudra au moins une journée entière pour y arriver. »

« Nous ferions mieux d'y aller, alors », ai-je répondu.

Tout le monde a acquiescé. Les adieux ont été faits.

Damien est venu me voir. « Je sais que tu me rendras fier, mon ami. »

Je lui ai souri.

« Merci, monseigneur. Je ferai de mon mieux. »

Nous avons commencé notre voyage, en direction du nord-est, vers Mytvathyr. Nous n'avons pas apporté de bagages supplémentaires. Chacun avait son cheval. Les tentes et les provisions avaient été réparties entre tous les chevaux. Nous avons voyagé en silence. Même les oiseaux étaient silencieux. D'habitude, j'aime monter à cheval, mais aujourd'hui, mes bras étaient tendus, mes mains agrippaient les rênes. De loin, nous pouvions entendre le bruit de l'armée du démon qui se battait. Heureusement, ils n'entendaient pas les sabots des chevaux sur l'herbe. Ce n'est pas que nous ne pouvions pas les combattre, mais nous devions aller à Mytvathyr aussi vite que possible. Si nous voulions arrêter ces batailles, nous avions besoin que Bianca contrôle ses pouvoirs, rapidement.

Nous avons voyagé pendant un certain temps, en nous cachant toujours dans la forêt. Les chevaux n'avaient aucun mal à éviter les branches des arbres, mais le sol était quelque peu accidenté, ce qui nous obligeait à ralentir. La dernière chose que nous voulions, c'est qu'un cheval se blesse le sabot sur une pierre. Après quelques heures, nous sommes arrivés à une petite clairière dans la forêt. Des feuilles mortes recouvraient le sol. Le soleil se couchait déjà, comme il se couche tôt à cette époque de l'année. À l'est, nous pouvions voir le sommet d'une montagne apparaître au-dessus des arbres. Nous étions maintenant assez loin des routes principales pour ne plus entendre l'armée du démon.

« Cela semble être un bon endroit pour camper », a suggéré Arius.

« Je suis d'accord », ai-je répondu. « Nous devrions être assez loin dans les bois pour ne pas être attaqués. »

Nous avons attaché les chevaux aux arbres et leur avons donné de la nourriture et de l'eau. Zach et Arius sont partis en reconnaissance et ont ramassé du bois de chauffage, tandis que Steven a allumé un feu. Il faisait froid, et nous avions besoin de la chaleur du feu pour nous réchauffer. J'ai aidé Bianca et Elashor à monter les tentes et à préparer de la nourriture. Nous avions apporté des rations de base. Ce ne serait pas un festin, mais ce serait suffisant.

*********** PDV de Kate ***********

Je me suis assise sur mon lit, épuisée par la
bataille contre l'armée du démon et par ma grossesse. C'était un véritable fardeau pour mon corps.
Mais au moins Damien était de retour. J'avais tellement peur qu'il ne revienne pas ! Je savais qu'il était
le Seigneur des Vampires, mais j'avais peur qu'il
soit tué. J'aurais été anéantie si quelque chose était
arrivé à mon compagnon.

« Tu vas bien ? » Damien a demandé d'une
voix douce en s'asseyant sur le lit à côté de moi.

Je lui ai fait un signe de tête.

« Oui, je me sens juste fatiguée, c'est tout. »

J'ai posé ma tête sur son épaule. Mon coeur
battait la chamade alors que son odeur virile m'entourait. Ma louve a crié, « Compagnon ! » dans ma
tête, en remuant la queue. Elle n'aimait pas être sé-
parée de lui, même pour quelques jours. Je n'avais
pas réalisé à quel point il m'avait manqué. Il a posé
sa main sur mon ventre. Son contact était frais et
rafraîchissant. Mon ventre était encore plat, mais je
pouvais sentir un petit paquet d'amour chaud grandir à l'intérieur.

« Je veux t'aider du mieux que je peux.
Laisse-moi gérer tout le stress de la guerre. Concentre-toi sur toi et le bébé. »

« Tu m'as tellement manqué », ai-je chuchoté.

Il a caressé ma joue avec sa main.

« Je sais. Je suis désolé d'avoir été absent. »

Je l'ai regardé avec de grands yeux. Comment pouvait-il dire une telle chose ? « Tu étais parti pour briser la malédiction de ma sœur. Tu n'as pas à t'excuser ! »

Ses cheveux étaient attachés en un chignon bas, ses yeux gris étaient remplis de tristesse.

« Pourtant, je ne sais pas ce que j'aurais fait si quelque chose était arrivé à toi ou au bébé... »

Je me suis rapprochée de lui, mes lèvres frôlant les siennes.

« Mais rien n'est arrivé. Je suis là. »

Il m'a regardé, comme s'il me remarquait pour la première fois, et a souri.

« Quelle chance j'ai. »

Ses lèvres se sont écrasées sur les miennes avec un besoin soudain. J'ai joué avec ses cheveux, les détachant pendant qu'on s'embrassait. Il avait si bon goût. Ma louve était ravie d'avoir son compagnon pour elle seule à nouveau. Il m'a doucement poussée vers le lit et s'est mis sur moi, en veillant à ne pas faire peser son poids sur mon ventre.

« Tu m'as manqué », a-t-il ronronné, ses mots roulant sur ma peau.

Un ronronnement profond a résonné dans sa poitrine.

« J'aime quand tu fais ça », ai-je chuchoté.

Il a souri. « Alors je ferai en sorte de le faire plus souvent. »

Il a laissé une traînée de baisers sur ma peau, faisant monter la chair de poule partout où il la touchait. J'ai sursauté quand il a léché la marque sur mon cou. La marque qu'il a faite quand il a scellé notre lien d'âmes sœurs, il y a des années. Il s'est attardé là un moment. La chaleur s'est répandue dans mon corps quand j'ai senti la pointe de ses crocs frôler l'endroit.

« Damien, » j'ai gémi, « fais-le. »

Il a inhalé profondément et a mordillé le lobe de mon oreille.

« Pas encore, ma petite louve. »

Il a enlevé ma chemise, ses doigts ont parcouru ma peau.

« Toujours aussi magnifique ! » s'est-il exclamé d'une voix rauque.

Ses yeux étaient remplis de faim et de désir. J'ai enlevé sa chemise pendant qu'il enlevait mon soutien-gorge. Comme ça me manquait de voir sa poitrine musclée. J'aimais parcourir sa poitrine avec mes mains, sentir les muscles durs. J'ai haleté quand il a léché mes tétons, les rendant durs. J'ai attrapé son pantalon, le défaisant, alors qu'il continuait à lécher mes seins. Sa bite dure a jailli devant moi quand j'ai finalement réussi à lui enlever son pantalon.

« Je n'en ai pas encore fini avec toi, ma petite louve. » Il a souri en enlevant mon pantalon et ma culotte. J'ai haleté quand il a effleuré son doigt sur mon ouverture.

Il a souri. « Déjà si mouillée pour moi. »

J'ai attrapé les draps et gémi quand il a inséré un doigt dans mon ouverture. Putain, je n'avais pas réalisé à quel point j'avais besoin de lui ! J'ai juré lorsqu'il a commencé à frotter mon clito, me faisant cambrer le dos alors que le plaisir commençait à monter.

« Damien, » je me suis plaint.

Il a souri en me voyant me tordre de plaisi à son contact. J'ai gémi bruyamment alors qu'il continuait à frotter, sachant exactement comment me faire plaisir.

« Tu ne veux pas jouir pour moi, petite louve ? »

Il n'a pas eu besoin de demander, car j'étais déjà sur le point de jouir. Ses yeux ont brillé de faim alors que je venais fort, mes murs pulsant autour de ses doigts.

« Bonne fille. »

Il est revenu, m'embrassant avec passion. Le bout de sa bite poussait à mon entrée, me faisant désirer davantage.

Il a chuchoté d'une voix rauque, « Je t'aime tellement, ma petite louve. »

J'ai haleté quand sa bite dure m'a complètement remplie. Ce moment était parfait, avec lui à l'intérieur de moi, entouré de son parfum, et me sentant vraiment aimée. Il a poussé en moi, s'ajustant à mes cris. Je me suis accrochée à ses épaules. Je pouvais sentir le plaisir qu'il tirait au travers de notre lien d'âmes sœurs, m'amenant encore plus loin, alors que je me sentais serrée autour de sa queue.

Il a commencé à lécher mon cou tout en continuant à me pénétrer, mes tétons frôlant sa poitrine. Mon cœur s'emballait. J'ai crié de plaisir quand il m'a mordu dans le cou. Il a gémi en buvant mon sang et a poussé plus fort. Jamais de ma vie je ne me suis sentie aussi complète qu'à ce moment-là. Je pouvais sentir son amour et sa passion à travers notre lien d'âmes sœurs. Nos cœurs battaient à l'unisson, j'étais connectée à lui plus que jamais.

« Oh oui ! Damien ! » J'ai crié en jouissant à nouveau, mes murs pulsant autour de lui.

Il a poussé fort un peu plus, envoyant vague après vague de plaisir, jusqu'à ce qu'il grogne fort en venant. Il a retiré ses dents de mon cou, et s'y est attardé un moment, refermant la blessure.

« Hm... J'aime quand tu cries mon nom, ma petite louve », a-t-il murmuré à mon oreille, ses lèvres effleurant le lobe de mon oreille.

J'ai tourné un peu la tête pour pouvoir le regarder. Ses lèvres étaient sur les miennes avant même que je puisse dire quoi que ce soit, sa langue dansant avec la mienne. Un doux ronronnement grondait dans sa poitrine, provoquant le ronronnement de ma louve en réponse.

« Je t'aimerai toujours de tout ce que je suis », a-t-il ajouté, ses yeux gris obsédants fixant mon âme. J'ai murmuré en retour, « Moi aussi, mon âme sœur. »

On s'est allongés ensemble pendant un moment, se prélassant dans l'amour de l'autre. J'espérais vraiment que c'était à ça que ressemblait le paradis. Damien avait toujours sa main sur mon ventre. Depuis que j'avais découvert que j'étais enceinte, il faisait ça. Je pensais que c'était si gentil. Je me sentais reconnaissante d'avoir un compagnon si attentionné.

« Ton sang a un goût différent. »

Je l'ai regardé avec des yeux interrogateurs. « Vraiment ? »

« Oui. Ça a changé à cause du bébé. Je ne peux pas encore dire si c'est une fille ou un garçon, mais je peux sentir le bébé grandir en toi ; au travers de ton sang. »

J'ai souri à son commentaire. Ça devait être bien de pouvoir sentir le bébé de cette façon. Je ressentais tous les changements dans mon corps. Et je savais que dans quelques mois, je le sentirais bouger en moi d'une manière que moi seule pouvait ressentir. Mais j'étais heureuse qu'il puisse aussi le sentir de cette façon.

« Je peux déjà dire que notre bébé sera fort et merveilleux. »

Sa voix était pleine d'amour pour notre bébé à venir. J'ai demandé avec inquiétude : « Y aura-t-il un royaume dans lequel notre enfant pourra grandir ? »

La guerre avec le démon me faisait peur. À quoi ressemblera le monde quand il sera né ? Damien a pris mon visage dans sa main et a fixé mon âme.

« Ne t'inquiète pas, ma petite louve. Nous ferons en sorte qu'il y ait un monde dans lequel notre bébé pourra grandir. » Ses mots étaient si remplis de confiance, je savais qu'il ferait tout ce qu'il fallait pour que cela arrive.

Un grand bruit à l'extérieur, suivi du rugissement d'un dragon nous a fait sortir du lit. Damien a enfilé son pantalon en vitesse. J'ai pris mon peignoir et suis allée sur le balcon. Un énorme dragon se tenait à côté de Cara. Il avait six têtes. Ses écailles étaient noires avec des reflets bleu-turquoise. Chacune de ses écailles scintillait d'un feu unique. Il avait l'air puissant. Il était vraiment magnifique !

« Est-ce que c'est... ? »

Damien a répondu : « Ladon. »

J'ai regardé autour de moi, mais Will n'était nulle part.

J'ai demandé anxieusement : « Alors, où est Will ? »

Damien a mis son bras autour de mes épaules. « Je n'en ai aucune idée. »

Cara frotta affectueusement sa tête sur Ladon, qui se reposait dans la cour du château. Elle s'est blottie contre lui, s'allongeant à ses côtés. Il a enroulé sa queue autour d'elle. C'était beau de voir leur amour exprimé de cette façon.

Mais aussi beau que ce soit, j'étais inquiète pour Will. Je pensais qu'il serait revenu avec son dragon. Cela signifiait qu'il était soit mort, soit encore en train de se battre contre Eurynomos. Il avait perdu sa compagne. Je ne savais pas ce que je ferais si je perdais Damien, mais j'avais entendu de nombreuses histoires de loups-garous devenant fous après avoir perdu leur compagnon. J'espérais seulement qu'il allait bien.

Je me souviens que Will était toujours si sérieux. Ses devoirs passaient toujours en premier. La meute était si importante pour lui. Reviendra-t-il pour s'occuper de sa meute ?

Je me souviens quand nous jouions ensemble, lui, Bianca, Steven et moi. Nous étions toujours si proches. Nous avions l'habitude de jouer dans les bois pendant des heures. Il y avait cette rivière qui coulait à proximité. Le terrain était escarpé, et Will nous avait prévenus de ne pas nous y aventurer. Mais Bianca, Steven et moi étions téméraires et aimions contredire Will. Bianca avait glissé sur les rochers et s'était tordu la cheville. J'avais couru pour aller chercher Will. Il était si inquiet quand je lui ai dit pour Bianca. Il avait couru vers elle et l'avait portée dans ses bras jusqu'à la maison de la meute. Il avait pris la responsabilité de ce qui s'était passé, pour qu'elle ne soit pas punie par nos parents. Il s'était occupé d'elle, lui avait tenu compagnie, jusqu'à ce qu'elle soit complètement rétablie. Il était toujours si désireux de protéger les gens qu'il aimait. Je souhaitais seulement pouvoir le protéger maintenant. Était-il encore en vie ?

J'ai essayé de ne pas penser à cette possibilité. Je ne voulais pas croire qu'il était mort. J'ai enfoui mon nez dans le creux du cou de Damien, respirant profondément son parfum de musc et de miel que j'aimais tant. Il m'a serré très fort dans ses bras.

J'ai regardé à travers la cour pour voir Elwin et Ravynne, assis sur un banc. Ils parlaient ensemble, en souriant. On aurait dit qu'ils apprenaient à se connaître. C'était la première fois que je voyais le vieux sorcier sourire comme ça. Je me sentais heureuse qu'il ait trouvé quelqu'un à qui s'ouvrir. Ravynne semblait aussi très heureuse, même si je ne la connaissais pas depuis longtemps. C'était un doux rappel que l'amitié trouve son chemin à tout âge et à travers toutes les races.

Chapitre 3 (Bianca)

Mytvathyr

Nous étions assis près du feu. Elashor chantait une chanson dans sa langue elfique. C'était si beau de l'entendre chanter. Arius la regardait amoureusement pendant qu'elle chantait.

« *Hôwm jë lông thô ëtry buÿ yôr sidë, muÿ lôvigne knittë.[1] Voulez-vous më lëtt më remplir vos*

---

[1] *Comme j'ai envie d'être à tes côtés, mon chevalier aimant. Me laisseras-tu remplir tes nuits de passion ? Laisse-moi embrasser tes lèvres, car mon cœur bat pour toi.*

*nitts avëc passiô ? Lëtt më kiss tôsë lèvrës ôhv yôrs,
fôr muÿ härt beëts fôr yôou. »*

Zach et Blake parlaient ensemble en man-
geant.

J'ai reposé ma tête sur l'épaule de Steven.
J'avais l'impression que cela faisait des années que
je n'avais pas passé une soirée seule avec lui. Nous
avions été tellement occupés par les préparatifs de
la guerre. Ce soir, je voulais croire que nous étions
seuls. Les problèmes et les soucis pouvaient attendre jusqu'à demain.

« Ce soir, tu es à moi », a dit Steven à travers notre lien d'âmes sœurs. Je savais que ça venait
de son loup, je pouvais sentir le besoin dans ses
mots. C'était brut et possessif. Cela venait du plus
profond de lui et me faisait languir de désir. Je voulais être à lui.

Je lui ai chuchoté à l'oreille : « Je serai toujours à toi, mon amour. »

Il a souri et m'a embrassé. Un profond ronronnement est sorti de sa poitrine. Je savais que son
loup était heureux. J'ai perdu la notion du temps
alors que Steven caressait mon dos, me murmurant
des mots doux à l'oreille, la chaleur de son corps
m'entourant. Je me suis abandonnée à ses baisers,
laissant tout le reste de côté.

Le loup de Steven a grogné, « À moi. »

J'ai gloussé doucement.

« Désolé, » dit Steven, embarrassé. « C'est de plus en plus difficile de le garder sous contrôle. »

Je lui ai souri. Je savais à quel point il voulait me marquer, me faire sienne pour toujours.

« Bientôt, mon amour. Comme je te l'ai dit, tu pourras me marquer après qu'on se soit occupé du démon. »

Il a hoché la tête.

« Sais-tu seulement à quel point c'est difficile ? Mon loup me supplie constamment de le faire. De planter mes dents dans ton cou si doux. »

« Je sais. Mais tu sais que je vais tomber en chaleur si tu le fais. Je ne peux pas me laisser distraire jusqu'à ce qu'on ait tué ce démon. »

« Oui, je sais. »

Il avait l'air vaincu. J'ai pris son menton et l'ai regardé dans ses yeux bleus.

« Tu es mon compagnon. Je ne cesserai jamais de t'aimer. Bientôt, mon amour. Je te le promets. »

Il a souri et m'a embrassé une fois de plus.

J'ai regardé autour de nous, pour réaliser que tout le monde était déjà allé se coucher.

« Peut-être qu'on devrait aussi aller dormir. Nous avons une longue journée devant nous demain. »

Steven a gloussé tout bas.

« Oui, tu as raison. »

Le feu était déjà éteint, de toute façon. Nous sommes allés dans notre tente. Je n'avais même pas réalisé à quel point j'étais fatiguée. Nous nous sommes couchés ensemble. Steven m'a serré fort dans ses bras alors que je tombais dans le sommeil.

Je me suis réveillée enveloppée dans les bras de Steven, entourée de son parfum. Il me regardait, un sourire sur le visage.

« Salut, la belle au bois dormant. »

J'ai souri à sa remarque.

« Salut, » ai-je simplement répondu avant de l'embrasser.

Il m'a embrassé en retour, sa langue se frayant un chemin dans ma bouche. Il a parcouru mon corps avec ses mains, se frayant un chemin entre mes jambes.

« Steven ! » J'ai chuchoté quand il a commencé à frotter mon clito.

Il a souri. « Ils ne nous entendront pas. »

Le plaisir a commencé à monter en moi. J'ai essayé de mettre mes mains sur son érection, voulant lui faire plaisir en retour, mais il était hors de portée, car il était plus grand que moi.

« Je ne peux pas t'atteindre », ai-je murmuré entre deux gémissements.

« Je sais », a-t-il dit avec un clin d'oeil. « Maintenant, tu ne veux pas jouir pour moi ? »

Ses yeux étaient pleins de désir. Il avait le contrôle, et tout ce que je pouvais faire, c'était me laisser aller au plaisir volupté de son touché. Il m'a embrassé pour étouffer mes gémissements. Quelques secondes plus tard, j'ai arqué mon dos en jouissant, des vagues de plaisir m'envahissant.

Steven a souri. « Superbe ! »

Mon pouls s'est emballé lorsqu'il s'est aligné avec moi et m'a pénétré, mon corps encore palpitant. Un sentiment d'extase m'a envahi et j'ai enfoncé mes doigts dans ses épaules.

Il a gémi pendant qu'on faisait l'amour, « Putain. »

Il a ajusté ses poussées à mes cris, m'amenant à nouveau au bord du gouffre. Je pouvais sentir son loup qui voulait sortir, me marquer, mais Steven n'a fait qu'effleurer mon cou avec ses crocs. Il n'a pas fallu longtemps pour que je jouisse à nouveau, m'abandonnant au plaisir. Steven est venu presque en même temps que moi, au moment où j'ai joui.

« Je t'aime tellement », a chuchoté Steven dans mon oreille. « Tu es la meilleure chose qui me soit jamais arrivée. Si l'éternité existe, qu'elle soit avec toi. »

Mon cœur a palpité à ses mots.

« Aww Steven, je suis sûre qu'il existe. On va pouvoir le passer ensemble. »

Il m'a encore couvert de baisers.

Nous avons entendu du bruit à l'extérieur de notre tente. Les autres étaient déjà debout. J'ai gloussé.

« Peut-être devrions-nous nous habiller et les rejoindre. »

Steven a souri. « Est-ce qu'on doit vraiment y aller ? »

J'ai fait un clin d'oeil. « Tu sais bien que oui. »

Nous nous sommes rapidement levés et avons quitté la tente. Le petit déjeuner était servi. Arius parlait avec Elashor.

« Bônn môrnigne. [2] »

Elashor lui a souri.

---

[2] Bon matin.

« Bônn, »[3] elle a répondu. « Tu t'améliores.
Mais tu dois encore te pratiquer. »

Il a souri et a fait un clin d'œil.

« C'est drôle. Ce n'est pas ce que tu disais
hier soir. »

Les joues d'Elashor sont devenues rouges et
elle a mis une main sur sa bouche, regardant fréné-
tiquement pour voir si quelqu'un avait entendu son
commentaire. Je me suis retenu de rire et j'ai fait
semblant de ne pas avoir entendu.

« Ne dis pas ça ! Et si les gens t'entendent
? »

Il a ri et l'a taquinée.

« Et *si* les gens m'entendaient ? Que pense-
raient-ils ? »

Elle a balbutiné, ne sachant pas quoi répondre. Il l'a prise dans ses bras, l'embrassant et la
chatouillant.

Je me suis assis et j'ai commencé à prendre
mon petit-déjeuner avec Steven. Zach et Blake
étaient aussi avec nous.

J'ai demandé à Zach : « Tu crois qu'on va
atteindre la ville aujourd'hui ? »

------

[3] Bon

Il a hoché la tête.

« Nous ne sommes probablement pas si loin. »

Penser à ça m'a fait penser à Will. Je me sentais si mal que sa compagne soit morte à cause de moi. Un nœud s'est formé dans mon estomac. Je n'avais plus tellement faim tout à coup.

« Tu vas bien ? » a demandé Blake.

J'ai secoué la tête, une seule larme coulant sur ma joue.

« Je me sens si mal pour Will. Il a perdu son âme sœur à cause de moi. Et maintenant, il essaie de combattre un démon tout seul. J'ai tellement peur qu'il se fasse tuer ! »

Je ne pouvais pas retenir ce torrent qui se déversait. Ce sentiment de culpabilité me rongeait. Si ce n'était pas à cause de moi, Will serait encore avec Leila. Steven m'a doucement blottie dans son bras, m'embrassant dans le cou.

« Premièrement, » a commencé Blake, « J'étais là. Leila a choisi d'être sacrifiée. Elle voulait faire face à son destin. Ça n'avait rien à voir avec toi. »

« Ça a tout à voir avec moi et ma stupide malédiction ! » Je me suis exclamé entre deux sanglots.

« Non, ça ne l'est pas », a continué Blake. « Ravynne nous l'a dit. A chaque génération, quelqu'un de leur meute naissait sous une nuit bénie, naissait avec une marque spéciale. Ces personnes étaient destinées à être sacrifiées pour garder le démon à distance. »

« Mais ils ne font plus ça », ai-je répondu. « C'est comme ça qu'ils sont devenus une meute recluse en premier lieu. »

Blake n'était pas d'accord avec moi. « Peut-être, mais c'était quand même son destin. Elle a choisi de se battre, et donc nous devrions nous battre pour honorer son sacrifice. »

J'ai arrêté de pleurer et j'ai pensé à ce qu'il venait de dire. Il avait raison. Elle a choisi de se battre. Nous devions continuer à nous battre, nous aussi. Et c'est exactement ce que nous faisions en allant à la cité des elfes. J'ai hoché lentement la tête.

« Pourtant, ça ne me fait pas me sentir mieux. »

Steven a doucement caressé ma joue.

« Je sais, mon amour. Mais ça va aller. Tu n'es pas seule. N'oublie pas qui tu es. Tu es la fille de la Déesse de la Lune ! »

Je suis restée dans ses bras, reposant ma tête sur sa poitrine pendant que je finissais de prendre mon petit-déjeuner. Ils avaient raison, je le savais. J'espérais pouvoir arrêter de me sentir coupable de ce qui s'était passé. Je savais que j'avais ça en moi. Je savais que je pouvais être forte. J'ai pris une grande inspiration, déterminée à rejeter cette culpabilité et à me concentrer sur la tâche à accomplir. Je devais apprendre à maîtriser mes nouveaux pouvoirs.

Nous avons emballé nos affaires en un rien de temps et sommes remontés sur les chevaux. Nous avons voyagé dans les bois à nouveau. Les arbres semblaient sans vie avec leurs feuilles sur le sol. Une brise froide soufflait, nous rappelant que l'hiver arriverait bien assez tôt. On pouvait voir l'haleine des chevaux s'évaporer dans l'air froid. Je me sentais chanceuse d'avoir mon manteau pour me tenir chaud.

Après quelques heures, nous avons commencé à voir Mytvathyr de loin. Je n'arrivais pas à croire que c'était si joli ! La ville était si grande ! Elle était entourée de chutes d'eau et de très grands arbres. Ces arbres avaient probablement des centaines d'années. Plusieurs d'entre eux étaient plus hauts que les bâtiments. Certaines maisons semblaient avoir été taillées à même les arbres. De grands murs rocheux entouraient la ville, et je ne pouvais voir qu'une partie de la ville. J'avais hâte d'y aller et de la voir de plus près.

Nous sommes arrivés à la ville quelques heures plus tard. Les portes étaient fermées. Deux gardes elfes se tenaient aux portes. Ils nous ont regardé sévèrement.

« Halte ! Vous ne passerez pas. »

J'étais déconcertée et j'ai répondu : « Je ne comprends pas. On m'a dit que cette ville était amicale. »

« En raison de récentes attaques, la ville a été fermée par le roi et la reine. Seuls les elfes peuvent y entrer. »

Je les ai regardés en fronçant les sourcils.

Les gardes ont désigné Elashor. « Elle seule peut entrer. »

Elashor a secoué la tête. « Il n'est pas question que j'aille en ville sans mes amis. »

Puis elle a ajouté : « Häs failôwm ëlvz, wônte yôou ëlpe anotre[4] ûnn ? »

Les gardes ont froncé les sourcils.

« Daïsôlé. Kïnggz ôrdres. [5] »

Elashor a retroussé ses lèvres.

---

[4] En tant que compagnons elfes, n'allez-vous pas en aider un autre ?

[5] Désolé. Ordre du roi.

J'ai demandé aux gardes, « Pouvons-nous parler avec le roi et la reine ? Nous avons été envoyés ici par le seigneur vampire et sa reine. »

Les deux gardes ont eu l'air surpris par ma déclaration. Ils se sont regardés fixement, ne sachant que répondre. Ils nous ont étudiés attentivement. Le premier garde a répondu : « Suivez-nous. »

Pendant que le premier garde ouvrait les portes de la ville, le second ajoutait : « Essayez seulement de faire quelque chose de drôle, et je vous le ferai regretter. » Il avait l'air si sérieux que je n'ai pas osé répondre.

Nous les avons suivis dans la ville. C'était encore plus beau à l'intérieur des murs. Nous avons marché sur le chemin pavé vers le palais. L'architecture elfique était si élégante, se fondant dans la nature. Ils combinaient les pierres et les bois avec le verre pour créer des merveilles d'architecture. Nous sommes passés devant des dizaines de maisons et de boutiques de toutes sortes. Que vous ayez besoin de vêtements, de nourriture, d'armes ou d'armures, cette ville semblait avoir tout ce qu'il faut. Il y avait même une librairie, et je me demandais s'il y avait beaucoup d'auteurs elfiques.

Les gens vaquaient à leurs occupations, nous jetant un coup d'œil quand nous passions. Ils étaient tous elfes. Il y avait les elfes noirs, avec leur peau noire d'ébène. Leurs yeux brillaient, allant du bleu glacé au rouge foncé. Quelques-uns d'entre eux avaient la peau grise et des cheveux blancs. Je suppose qu'ils étaient les elfes gris. Beaucoup d'entre eux étaient des hauts elfes. Ils étaient facilement reconnaissables à leur peau jaunâtre. Ils étaient réputés pour être les meilleurs en magie mais aimaient rester entre eux. Ils n'aimaient pas se mêler des problèmes des autres. Nous avons même croisé le chemin de quelques elfes de lune, elfes des neiges, elfes des bois et une elfe ailée. Je n'avais aucune idée de la race de cette dernière. Je n'avais jamais entendu parler d'un elfe ailé. Elle était à couper le souffle !

Un enfant nous a montré du doigt en chuchotant à sa mère : « Mômm. Lôukë. [6] »

Elle l'a grondé, « Dôntë pôïngt ätt peëapl[7]. »

Je n'étais pas sûre de ce dont il s'agissait, mais je n'ai pas pu m'empêcher de penser que c'était drôle de voir que les mères devaient gronder leurs enfants de la même manière, quelle que soit la race ou la langue.

---

[6] Maman. Regarde.

[7] Ne montre pas les gens du doigt.

Un peu plus loin, nous sommes arrivés au palais. Il se trouvait au centre de la ville. C'était une merveille à regarder. Ses tours dansaient avec les nuages. Le soleil se reflétait sur les différentes fenêtres, peignant un tableau coloré sur le chemin pavé en dessous. Des chemins semblaient flotter entre les différentes tours du château. Il y avait même quelques stations d'observation où les gens pouvaient regarder la vue ou méditer tranquillement.

J'aurais voulu pouvoir l'admirer plus longtemps, mais les gardes nous ont conduits directement à la salle du trône. Les gens chuchotaient des choses quand nous passions. Nous étions les seuls humains, loups-garous et vampires dans les environs. Je suppose qu'ils ne voyaient pas souvent nos semblables. Même Elashor restait près d'Arius, lui tenant fermement la main. J'étais heureuse d'avoir Steven à mes côtés. Savoir qu'il était là avec moi et sentir la chaleur de son corps à proximité suffisait à me faire sentir mieux.

Les serviteurs apportaient des assiettes et des plateaux remplis de nourriture qui sentait divinement bon. Ils nous jetaient des regards pendant que nous passions. L'un d'entre eux était une elfe noir. Ses cheveux étaient rouge violacé sur le dessus, les pointes étant rouge feu. Son regard jaunâtre et lumineux semblait renfermer des secrets inavouables. Voyant qu'elle était observée, elle a rapidement reporté ses yeux sur le sol, reprenant ses fonctions de servante.

Le roi était assis sur son trône. Il était grand et avait une peau jaunâtre et pâle. Ses cheveux étaient blonds et descendaient sur ses épaules. Ses yeux étaient jaunes et verts. Ses paupières étaient si sombres qu'on aurait dit qu'il était maquillé, faisant ressortir encore plus la couleur de ses yeux. Ses sourcils étaient sombres et sévères. Il avait une allure à la fois virile et gracieuse. Sa couronne était faite d'obsidienne entrecoupée de feuilles d'or.

La reine était assise à ses côtés. Elle avait de longs cheveux blonds avec des tresses de chaque côté de la tête. Sa peau était presque blanche, et ses yeux d'un bleu profond. Ses lèvres rouges contrastaient avec la couleur de sa peau, comme un bouton de rose dans la neige. Sa couronne était faite de délicats fils d'or tressés ensemble, avec un bijou aiguemarine descendant sur son front. Sa beauté était celle d'une fleur délicate qui répand son parfum dans la douce brise d'été.

Les gardes se sont inclinés devant eux. Nous avons fait de même.

« Votre Majesté ! Ces étrangers ont demandé une audience avec vous », a déclaré l'un des gardes, en gardant la tête basse.

« Qui êtes-vous ? » a demandé le roi.

J'ai levé les yeux, incertaine de la façon à procéder devant le roi.

« Je suis Bianca, fille de la déesse de la lune. Nous avons été envoyés ici par le seigneur vampire et sa reine. Nous avons besoin de votre aide. »

Le roi a levé un sourcil à ma déclaration.

« Et qu'est-ce que le puissant seigneur vampire et la fille de la déesse de la lune pourraient bien avoir besoin de nous ? »

Je ne savais pas par où commencer. J'avais l'impression que c'était mieux de faire court.

« Nous devons consulter la guilde de la magie. Je dois apprendre à contrôler ma magie, si je veux avoir une chance de combattre le démon, Eurynomos, qui nous fait la guerre. »

Le roi a pris un moment pour réfléchir. Son visage était sévère et ne laissait filtrer aucune de ses émotions. Mon cœur battait la chamade. Tant de choses dépendaient de ma capacité à contrôler mes pouvoirs magiques.

« Je crains que ce ne soit pas possible. »

Ses mots ont anéanti mes espoirs. Je savais que je devais garder mon calme devant le roi, mais je voulais protester. Il était si important que j'apprenne à utiliser ma magie.

Il poursuivit : « Récemment, des harpies, des centaures, des gobelins, des orcs et même des démons ont attaqué la ville. De nombreuses personnes sont mortes. Les membres de la guilde magique sont affectés à la protection de la ville et à la guérison de notre peuple. »

Mon esprit s'emballait, essayant de trouver quelque chose à répondre, n'importe quoi !

« S'il vous plaît, votre Majesté ! » commença Blake, mais le Roi fit un mouvement du bras, lui demandant de se taire.

« Vous devez partir », a commencé la reine. « La ville est désormais un sanctuaire pour notre race. Nous ne pouvons même plus nous aventurer dans les bois sans craindre une attaque. Nous ne pouvons pas nous permettre d'avoir des étrangers dans la ville. J'espère que vous comprenez. »

Sa voix était douce et pleine d'attention pour son peuple. Ils essayaient seulement de se protéger contre l'armée du démon. Ils ne comprenaient pas que nous étions là pour arrêter le démon. C'était la seule façon d'arrêter les attaques.

Je voulais répondre quelque chose, quand un garde a fait irruption dans la pièce.

« Roi Alluin, Reine Solandra, nous sommes attaqués ! Des enfants sont piégés dans un bosquet proche, encerclés par les ennemis. Les succubes s'approchent des portes. Nous devons défendre la ville ! »

Le roi s'est levé de son trône.

« C'est de votre faute ! » Il nous a montré du doigt. « Je suis sûr que l'armée du démon vous a suivis jusqu'ici. Nous n'avons jamais eu d'attaques de succubes avant. »

Nous nous sommes tous regardés et avons hoché la tête.

« Occupons-nous d'eux », Zach a dit tout haut ce que nous pensions tous.

Nous avons quitté la salle du trône en toute hâte, sans attendre les gardes, en courant vers l'entrée de la ville. Il était hors de question de laisser l'armée du démon détruire cette ville ou tuer des enfants innocents.

*********** PDV de Will ************

L'air était de plus en plus chaud à mesure que je descendais. Heureusement, toutes mes années d'entraînement avaient préparé mon corps à endurer un environnement aussi dur. Mais j'avais tellement mal à cause de la rupture du lien d'âme sœur. J'avais l'impression que mon corps allait s'effondrer. Mon loup était blessé et silencieux. J'espérais seulement être assez fort pour éviter que mon loup ne prenne le dessus et ne tombe dans une soif de sang. C'est pourquoi je devais me dépêcher. Je devais égorger le responsable de la mort de ma compagne avant de perdre le peu de contrôle que j'avais. Dans mon esprit, je continuais à voir le corps sans vie de Leila. J'avais encore l'impression de tenir son corps mort dans mes bras. J'aurais dû trouver un moyen de la sauver. J'étais le pire des compagnons, la laissant se sacrifier comme ça. Je serais à jamais coupable de sa mort. La colère m'a envahi lorsque j'ai réalisé à quel point j'avais échoué.

J'arrivai bientôt à une grande ouverture. Il faisait sombre, l'air était vicié. L'odeur des cendres remplissait l'air, et il faisait incroyablement chaud. Je me suis réjoui en moi-même. Certainement, c'était le monde souterrain. Ce monde ressemblait à un lugubre cauchemar, un monde peuplé d'ombres, dénué d'espoir, mal éclairé et désolé.
Mes poumons souffraient de la chaleur torride et mes yeux brûlaient à cause du soufre, mais j'étais plus fort que ça. Je me suis dirigé vers le Styx, la rivière noire et boueuse. Je savais que je devais traverser ses eaux empoisonnées pour arriver à Eurynomos. Je me suis approché de la rive, fixant le fleuve de la haine et des serments éternels. J'ai juré que je vengerais la mort de Leila.

J'ai vu un ferry s'approcher de la rive où des dizaines d'âmes attendaient de monter à bord, leur pièce d'or à la main. Je savais que le passeur était Charon, un vieux squelette décharné. Je n'avais pas de pièce d'or, mais je pouvais sûrement trouver un moyen de le raisonner. J'ai souri.

J'ai laissé les âmes monter sur le ferry. Charron a tendu ses longs doigts osseux pour que je place une pièce dans sa main alors que j'essayais d'embarquer sur le ferry.

J'ai serré les dents, « Je n'ai pas de pièce. »

Il me fixait durement avec ses yeux creux. C'est lui qui faisait les règles ici et il n'aimait pas que j'essaie de les défier. Mais je n'étais pas prêt à laisser quelqu'un m'arrêter.

« Pas de pièce, pas de passage. »

Son ton était menaçant. Les gens ont reculé dans le ferry, essayant de s'éloigner de nous. Je l'ai raillé davantage, en lui faisant comprendre mes intentions. Je me suis rapproché d'un pas et j'ai répondu durement.

« Je ne suis pas ici pour jouer. Tu vas m'amener de l'autre côté. »

Des flammes vertes se sont allumées dans les orbites vides de Charron. Un vent magique a traversé mon corps quand il a fait un geste du bras.

« Personne n'enfreint les règles. »

Il était furieux. Je pouvais sentir qu'il retenait sa puissance. Ce n'était qu'un avertissement, et je me demandais pourquoi il ne m'avait pas attaqué pleinement. Son pouvoir était-il si grand qu'il avait besoin de se retenir ? J'ai mis cette pensée de côté. Cela n'avait pas d'importance, j'avais toutes les raisons de me battre. J'ai planté l'épée sacrée dans son bras, le délogeant de son épaule. Charron a grogné. Il m'a ignoré et a ramassé son bras, le rattachant à son corps.

« Es-tu si impatient de mourir ? Stupide mortel ! »

Il a envoyé un éclair de magie sur mon genou. La douleur s'est propagée de ma jambe à mon corps, me faisant tomber au sol, me paralysant. J'ai haleté en attendant que mon corps bouge à nouveau.

« Je ne suis pas celui... qui va mourir. »

J'ai parlé avec effort en luttant pour me relever, mon corps tremblant sous l'effort, des perles de sueur perlant sur ma peau.

« Espèce de créature pathétique ! » cracha Charron. « Ne vois-tu pas à quel point tu es faible ? Je t'ai mis à genoux avec seulement une fraction de mes pouvoirs. Pourquoi es-tu si impatient de mourir ? »

J'ai maudit. Il était plus puissant que je ne le pensais. S'il était si puissant, alors quelle était la force d'Eurynomos ?

J'ai rugi de colère, « J'ai des choses à régler, avec Eurynomos, et tu ne m'en empêcheras pas. »

Charron a soudainement souri, son visage s'illuminant d'une force maléfique que je ne pensais pas possible.

« Oh ! Donc, tu souhaites parler avec le maître. Pourquoi ne pas l'avoir dit ? »

Son sourire était vil et tordu.

« Je suppose que je peux faire une exception, alors », a-t-il ajouté, tout en me laissant monter à bord de son bateau.

Abasourdi, j'ai attendu quelques secondes. Était-ce un piège ? Pourquoi avait-il changé d'avis si soudainement ? Je suis monté à bord du bateau.

« Tu ferais mieux de te reposer pendant qu'on traverse. Tu vas en avoir besoin. »

Je n'ai pas aimé son ton. Il abandonnait trop facilement. Voulait-il que j'affronte Eurynomos ? Un piège m'attendait-il de l'autre côté ? Il était si puissant, il aurait pu m'écraser comme un insecte. Ça ne collait pas, mais au moins j'ai eu droit à un tour gratuit sur le ferry.

Le bateau glissait en silence sur les eaux sombres du Styx. Mon corps se sentait mieux, et ma force était renouvelée. Je n'arrêtais pas de jeter des coups d'oeil à Charron. Je ne faisais pas du tout confiance à ce vieux squelette. Tout en moi me disait d'être vigilant. Je m'attendais à être attaqué à tout moment. Des pensées sombres obscurcissaient mon esprit. Etais-je fou d'essayer de combattre Eurynomos ? Aurais-je jamais une chance ? Je n'ai même pas pu combattre Charron sur le ferry. Comment pouvais-je espérer vaincre Eurynomos ? Peu importe, je vengerais la mort de Leila, ou je mourrais en essayant.

Alors que nous approchions de l'autre côté du Styx, je pouvais voir d'innombrables portails apparaître. L'armée des démons attendait de passer dans le monde des vivants. Si certains d'entre eux étaient plus calmes, comme les succubes, d'autres étaient des créatures stupides et sans cervelle, se battant entre elles, comme les orcs. Je devrais sûrement me frayer un chemin à travers eux pour atteindre Eurynomos.

Une grande structure se tenait au centre du Tartare. C'est sûrement là qu'il résidait. J'étais impatient d'y aller et tuer ce bâtard. Rien ne m'empêcherait de tuer le meurtrier de Leila. Une énergie vengeresse brûlait dans mes veines, faisant battre mon cœur de colère, maintenant mon corps en mouvement. J'ai serré mon épée lorsque le bateau a finalement accosté sur l'autre rive, me préparant pour le combat à venir.

Chapitre 4 (Blake)

Un diamant noir

Nous étions de retour aux portes de la ville en un rien de temps. Il était facile de suivre le bruit de la bataille. Les succubes faisaient équipe avec les harpies, attaquant depuis les airs. Les orcs et les centaures attaquaient au sol, se battant avec les gardes elfes. Il était évident qu'ils étaient submergés. Nous pouvions entendre des cris d'enfants un peu plus haut.

« Je vais aider les enfants. Vous, vous vous occupez de ceux qui sont ici », nous a crié Zach, avant de passer à sa forme de loup, son épée lévitante préférée le suivant. Il ne cessait de m'impressionner par sa vitesse et sa force. Il n'aurait sûrement aucun mal à s'occuper de ce qui se trouvait dans le bosquet et qui attaquait les enfants.

Steven s'est également transformé, préférant se battre sous sa forme de loup. Bianca a lancé des boules de magie élémentaire sur les succubes et les harpies, les faisant tomber au sol. De là, Steven et Elashor les attaquaient. Pendant que Steven les décimait avec ses griffes et ses dents, Elashor les transperçait avec ses deux épées. Arius et moi avons attaqué les orcs et les centaures.

Arius était un puissant prince vampire. Il aimait utiliser ses pouvoirs de vampire sur ses ennemis, les tuer avec de la magie ou boire leur sang. Mais pour moi, rien ne remplacera jamais la sensation de mon épée transperçant les ennemis. Le sang se précipitait dans mes veines, l'adrénaline pompait dans mon corps.

Mes corps se raidi à l'odeur du sang, me rappelant que cela faisait quelques jours que je ne m'étais pas nourri correctement. Je devrais peut-être faire une exception aujourd'hui, ai-je pensé en sautant sur un centaure, lui enfonçant mes dents dans le cou et buvant tranquillement l'essence de sa vie. Il a essayé de se débattre, mais j'ai utilisé mes pouvoirs vampiriques pour le maintenir au sol. Le sang a commencé à quitter son corps, tout comme sa volonté de se battre. J'ai bu jusqu'à la dernière goutte. Quand le sang est entré dans mon système, j'ai senti toutes les fibres de mon corps se rétablir. C'était un sentiment euphorique, et je ne m'en suis jamais lassé.

Une fois rétabli, j'ai tailladé les ennemis restants jusqu'à ce qu'il n'y en ait plus aucun debout.

Les gardes elfes semblaient épuisés, mais il n'y avait que quelques pertes.

« Allons voir si Zach et les enfants vont bien », a crié Bianca.

Nous avons couru vers le bosquet pour voir des tas de gobelins morts gisant sur le sol. Zach était toujours sous sa forme de loup. Les enfants étaient cachés derrière des buissons.

Ils ont parlé timidement, « Prôszę, dôntë eëtte ôssë. [8] »

Je n'avais aucune idée de ce qu'ils disaient. Elashor sourit et s'avança doucement vers eux.

Elle leur dit doucement, « Dôntë ëtry scarëde. Wiï wônte härmm yôou. [9] »

Elle s'agenouilla près du loup de Zach et commença à le caresser doucement. Il sembla comprendre où elle voulait en venir et se coucha sur le sol, posant sa tête sur ses pattes avant. Les enfants

---

[8] S'il vous plaît, ne nous mangez pas.

[9] N'ayez pas peur. Nous ne te ferons pas de mal.

ont jeté un coup d'oeil de derrière les buissons. Une petite fille s'est timidement avancée et a commencé à caresser le loup. Voyant qu'il n'y avait pas de danger, les autres enfants sont sortis de leur cachette, eux aussi. L'envie de caresser un loup semblait l'emporter sur la peur de ce qui s'était passé plus tôt.

Je suis resté à l'écart, ne voulant pas les effrayer. Au bout d'un moment, certains d'entre eux ont même commencé à rire. Je me suis retenu de rire, pensant que ce puissant vampire-loup-garou jouait gentiment avec les enfants.

« Cômm, lëtts gëtte yôou hômm[10], » dit Elashor en se levant et en tendant la main aux enfants.

La petite fille a attrapé sa main. Les autres enfants ont suivi et nous avons marché ensemble jusqu'à la ville. Alors que nous approchions des murs de la ville, des adultes elfes sont arrivés en courant, serrant leurs enfants dans leurs bras.

Les gardes de tout à l'heure se sont approchés de nous.

« Venez, allons faire notre rapport au roi. »

Nous les avons suivis jusqu'au château. Alors que nous entrions dans la salle du trône, une jeune servante est passé devant nous, apportant les

---

[10] Viens, on va te ramener à la maison.

repas au roi et à la reine. Un grognement a résonné dans ma poitrine comme tout à l'heure lorsque je l'ai remarquée pour la première fois. Jamais dans ma vie une femme n'avait eu d'effet sur moi. Mais d'une certaine manière, elle a fait naître en moi des émotions que je comprenais à peine.

Vraiment, elle était magnifique. Un diamant noir caché, à la vue de tous, attendant d'être cueilli. Ses cheveux étaient violacés sur le dessus, puis rouges comme le feu. Ses yeux étaient jaunes et ses lèvres rouge vif. Une fleur jaune brillait, incrustée dans sa peau, posée sur sa poitrine juste au-dessus de ses seins, comme un bijou permanent. Je n'avais jamais rien vu de tel. Mon corps était attiré vers elle. Tout ce que je pouvais penser, c'était à quel point j'aimerais enfoncer mes crocs dans sa peau et la réclamer. Si c'est ce que ça fait de trouver sa compagne, je comprends pourquoi leur lien est éternel.

Elle a levé les yeux un instant, fixant mon âme. J'étais presque sûr qu'elle pouvait le sentir, aussi. Je pouvais sentir son odeur d'où je me trouvais. Un parfum irrésistible de pêches et d'épices qui m'enivrait. Je me demandais si elle avait un goût aussi bon que son odeur. Elle a baissé les yeux et a posé les assiettes sur la table royale.

J'ai été tiré de mes pensées par le roi.

« Les gardes ont déjà relayé ce qui s'est passé. Vous avez rendu un grand service à cette ville. Nous avons décidé de vous laisser rester dans la ville. »

C'était une bonne nouvelle. Nous avions vraiment besoin que Bianca maîtrise ses pouvoirs aussi vite que possible. Il fallait s'occuper de ce démon.

« Vous êtes libre de visiter la ville, et la guilde magique. Des chambres seront mises à votre disposition à votre retour », ajouta la reine.

J'ai incliné ma tête devant le roi et la reine.

« Merci, Votre Majesté ! » dit Arius.

« Eshenesra ! » a crié un homme depuis la cuisine. « Viens ici, espèce de salope incompétente. Tu ferais mieux d'accomplir tes tâches avec soin si tu ne veux pas finir à la corvée d'écurie. »

La femme a sursauté au son de la voix de cet homme. Donc, Eshenesra était son nom, j'ai réfléchi. Quel beau nom.

Je ne pouvais pas l'apprécier, cependant, pas de la façon dont cet homme lui parlait. J'ai serré les dents, me rappelant que j'étais devant le roi et la reine, qui n'ont rien fait pour intervenir.

Un petit elfe obèse s'est précipité dans la pièce, regardant Eshenesra avec colère. En passant à côté d'elle, il l'a bousculée, lui faisant échapper un bol de soupe sur le sol.

Il a commencé à lui hurler des insultes alors qu'elle essuyait la soupe sur le sol avec son tablier. Ses vêtements étaient tachés, ses lèvres tremblaient, des larmes coulaient sur ses joues en silence.

J'ai regardé la scène en serrant les poings. La colère bouillonnait en moi. Je voulais tellement l'aider, mais je ne pouvais rien faire. Je ne voulais pas causer de problèmes politiques. Nous venions juste d'obtenir le droit de rester dans la ville et dans le château.

Mais la vérité est que je voulais arracher la tête de cet homme. La façon dont il a parlé à ma Eshenesra était inacceptable. Est-ce que je venais de dire "ma" ? Je suppose que oui... La seule façon d'expliquer ce que je ressentais pour elle était qu'elle était mon âme sœur. Et en tant que son compagnon, c'était aussi mon devoir de la protéger. Et ça me tuait intérieurement de regarder, impuissant cet homme lui hurler dessus.

« Allons à la ville. » La main de Zach est venue se poser sur mon épaule, me faisant tourner la tête, et arrêter de regarder ma compagne. Je lui ai fait un signe de tête, puis j'ai regardé à nouveau ma belle âme sœur, toujours à genou sur le sol.

Les yeux tristes d'Eshenesra se sont posés sur moi. En cet instant, j'avais envie de la prendre dans mes bras, de l'abriter, d'essuyer ses larmes, de la protéger. J'aurais voulu pouvoir lui dire tellement de choses en ce moment.

À contrecœur, je me suis retourné et j'ai suivi tout le monde hors du château, dans la ville.

************ PDV d'Eshenesra ************

Encore une fois réprimandée pour quelque chose que je n'ai pas fait. Comme je détestais Scalanis ! Il m'a maltraitée pendant des années. Depuis que j'ai repoussé ses avances, il s'est fait un devoir de me faire chier autant qu'il le pouvait. Mes vêtements étaient tachés. La soupe brûlante a traversé mes vêtements, jusqu'à ma peau, où elle a brûlé un moment avant de refroidir. Je me sentais si honteuse qu'il m'ait grondé devant ces étrangers. Surtout devant ce grand guerrier qui me regardait. Je pouvais sentir le poids de son regard sur mes épaules. Il avait l'air très fort. J'aimais la façon dont ses cheveux noirs arrivaient sur ses épaules. Je n'ai pas pu m'empêcher de remarquer les tatouages qui recouvraient complètement un de ses bras.

Mais j'étais une idiote d'avoir même eu ces pensées. Personne ne pouvait aimer quelqu'un comme moi, une pauvre serviteure du château.

Étant née elfe noir, j'ai été condamnée à une vie de servitude dès le début.

Je suis née sans magie, et je ne savais pas manier un arc. Mes parents ont été cruellement tués devant moi alors que je n'étais qu'une enfant, lors de la grande révolte contre notre espèce. J'ai été épargnée, puisque je n'étais qu'un enfant, mais j'ai souvent souhaité qu'ils aient décidé de me tuer aussi. Au moins, je n'aurais pas eu à endurer tout cela.

Maintenant, j'étais coincée à servir les Hauts Elfes. Leur race nous détestait depuis des générations, n'essayant même pas de cacher leur dédain pour nous. Bien que le roi et la reine aient toujours été gentils avec moi, Scalanis était un vilain elfe. Il me détestait et n'essayait pas de le cacher. Il était le chef des quartiers des serviteurs. Le roi a toujours ignoré la façon dont Scalanis me parlait.

Scalanis savait comment me frapper pour que ça ne laisse pas de marque. Ou que personne ne puisse voir la marque. Le roi et la reine ne toléreraient sûrement pas qu'on me frappe. Ou peut-être qu'ils le feraient ? Je n'en étais plus sûre. Personne ne me croirait de toute façon. C'était ma parole contre celle du chef des serviteurs. Tout le monde le craignait. Il s'en est assuré. Et si l'un de nous essayait de lui tenir tête, il en ferait un exemple. Personne n'oserait le contredire.

J'ai rapidement ramassé tout ce qui était sur le sol. Je savais que si je n'étais pas assez rapide, il me corrigerait quand personne ne le verrait.

Un jour, j'espérais vivre librement dans la ville. Je savais que de nombreux elfes noirs vivaient librement dans la ville. J'allais les voir les rares fois où j'avais un jour de congé. Ou je les rencontrais simplement dans les rues, en allant chercher des provisions pour le château.

Cette ville était censée être un refuge pour toutes les races elfiques, vivant en harmonie ensemble.

« Eshenesra ! » cria Scalanis depuis les quartiers des domestiques. J'ai serré les dents à la voix de l'ignoble elfe. Un jour, je lui dirais toute ma haine. Un jour, je lui tiendrai tête et lui ferai payer. Mais pour l'instant, je devais obéir.

« J'arrive », ai-je répondu avant de m'y rendre en toute hâte.

************ PDV de Kate ************

Damien était parti il y a quelques heures pour vérifier l'entraînement des combattants et des recrues. Ces derniers jours, il y avait eu une augmentation du nombre de personnes voulant se battre avec nous. Beaucoup d'entre eux avaient peu ou pas d'expérience au combat. Il était impératif de les former, et vite. D'autant plus qu'avec le rythme actuel des attaques, ils pourraient avoir besoin d'aller au combat plus tôt que prévu. Les envoyer au combat sans entraînement reviendrait à les envoyer vers une mort certaine.

J'ai vérifié l'infirmerie improvisée dans la salle de bal. J'ai été agréablement surprise de voir qu'Elwin et Ravynne avaient réussi à ramener tous les blessés à la santé. Ils ne sont peut-être pas tous totalement prêts à retourner au combat, mais c'est mieux que ce à quoi je m'attendais.

Je me suis dirigée vers la cour pour vérifier les réparations. La porte principale avait été réparée. Des fortifications étaient en cours de construction. Ravynne se tenait au centre de la cour. Ses yeux étaient fermés, ses mains jointes et ses cheveux dansaient dans l'air. Je pouvais sentir l'énergie circuler autour de nous. Elwin se tenait non loin d'elle, souriant.

J'ai demandé quand j'étais assez près de lui. « Qu'est-ce qu'elle fait ? »

Il s'est tourné vers moi et a légèrement incliné la tête avant de répondre.

« De toute beauté, n'est-ce pas ? Elle jette un sort de protection sur le château. »

Ma mâchoire s'est décrochée à cette déclaration.

J'ai demandé, incrédule, « Un sort de protection autour de tout le château, toute seule ? »

Elwin a souri à ma question.

« Impressionnant, n'est-ce pas ? Elle est vraiment une puissante sorcière. »

Je me tenais aux côtés d'Elwin, observant avec admiration l'énergie qui émanait de Ravynne. Je lui étais reconnaissante de son aide. C'était une bénédiction de l'avoir avec nous.

Après un moment, Ravynne a arrêté de lancer sa magie. Le vent qui nous entourait est mort. Haletante, elle est tombée à genoux. Elwin et moi nous sommes précipités à ses côtés.

« Tu vas bien ? » a demandé Elwin.

Elle a hoché la tête, en reprenant son souffle.

« C'est fait », a-t-elle chuchoté.

J'ai dit à Elwin, « Emmenons-la sur le banc sous le chêne. »

Il a acquiescé. Nous l'avons aidée à se lever, chacun de nous soutenant un bras. Nous avons lentement marché avec elle vers le banc. L'ombre de l'arbre offrait un endroit agréable pour se reposer.

« Je ne peux exprimer à quel point je suis reconnaissante de votre aide », ai-je dit à Ravynne.

Ses yeux se sont éclairés et elle a souri à mon commentaire.

« Ce n'est rien, vraiment. Je fais juste ma part pour aider, ma reine. »

« Vous devriez vous reposer ici », ai-je suggéré.

Elwin a ajouté : « Je resterai avec elle jusqu'à ce qu'elle aille mieux. »

Je leur ai fait un signe de tête et j'ai fait le tour de la cour.

J'aimais le fait que nos soldats mangaient et plaisantaient ensemble dans l'attente de la prochaine vague. J'étais heureuse de les voir se détendre et s'amuser malgré tout. Même ces combattants étrangers, Cain et Zarek, se mêlaient aux autres.

Les dragons étaient couchés un peu plus loin. Quelques soldats tentaient de s'en approcher avec prudence, ne sachant pas s'il était prudent de s'en approcher ou non. Les dragons ne semblaient pas s'en soucier. Ils laissaient les soldats curieux s'approcher d'eux.

Cara était allongée aux côtés de Ladon. Sa tête était entrelacée avec celle de Ladon. Sa queue était enroulée autour d'elle, la gardant près de lui. On aurait dit qu'il la serrait dans ses bras. C'était magnifique de voir à quel point ils s'aimaient. Ça m'a fait penser : « J'aimerais que Damien soit là avec moi. »

Au moment où je pensais à cela, je me suis retourné et j'ai aperçu Elwin, tenant la main de Ravynne, assis sur le banc. Il lui souriait pendant qu'ils parlaient. Je n'aurais jamais cru que ce vieux vampire puisse montrer autant d'attention et de tendresse envers quelqu'un. C'était réconfortant de voir comment l'amour peut vous frapper, quel que soit votre âge.

Le sol a soudainement tremblé, faisant trembler les murs du château et tomber la poussière sur le sol. Cela a été suivi d'un profond grondement. J'ai essayé de m'accrocher à quelque chose, mais il n'y avait rien à proximité. J'ai perdu l'équilibre, tombant à genoux sur le sol. Heureusement, mes mains ont arrêté ma chute, m'empêchant de me blesser.

Ce n'était pas bon. Je ne savais pas ce qui provoquait ça, mais ça faisait se dresser les cheveux sur ma nuque. J'ai regardé autour de moi. Tout le monde regardait partout, essayant de comprendre ce qui venait de se passer. Tout ce que je savais, c'est que ça ne pouvait pas être une bonne chose. J'avais un très mauvais pressentiment.

Je n'ai pas eu le temps d'y penser avant qu'un des soldats de la tour de guet ne crie : « Ils arrivent ! Préparez-vous ! »

Les soldats ont commencé à courir dans toutes les directions, attrapant armes et boucliers, pour rejoindre leur position. Les dragons ont pris leur envol, se préparant à nous défendre depuis les airs. Elwin et Ravynne se sont précipités à l'intérieur du château. Ils devaient préparer des lits dans l'infirmerie pour accueillir les soldats qui seraient blessés.

Damien s'est précipité à mes côtés, un regard inquiet sur son visage. Il m'a ramassé sur le sol et m'a pris dans ses bras.

« Dépêche-toi, tu dois rentrer, ma petite louve. »

Même si mon loup voulait combattre l'ennemi, je savais qu'il avait raison. Je devais me concentrer sur moi et le bébé. Nous sommes retournés à l'intérieur du château ensemble.

Chapitre 5 (Eurynomos)

Sombre tentation

Enfin, le portail principal était ouvert ! Quelques gobelins sont morts, mais ils n'étaient pas indispensables. J'étais enfin libre de voyager dans le monde des vivants. Cependant, mes pouvoirs étaient encore diminués. Je devais les restaurer. Je devais trouver un vaisseau pour le faire. De préférence, un vaisseau puissant.

Deux démons de bas étage ont fait irruption dans ma chambre avec un regard paniqué.

« Vous feriez mieux de ne pas gâcher ma journée », je les ai prévenus.

Ils se sont regardés nerveusement.

« Eh bien... », commença l'un d'eux.

Il hésitait et ça me tapait sur les nerfs.

« Crache le morceau, déjà ! »

Ils ont reculé par la peur.

Le même démon continua craintivement, « Il semble que le loup-garou soit ici. Il a trouvé un moyen de monter sur le ferry. Il est en route en ce moment même. »

Il a mis son bras devant lui de manière protectrice après avoir parlé. J'ai grogné après eux. Je n'avais pas besoin d'un délai supplémentaire. Cela avait déjà pris assez de temps.

En envoyant mon énergie autour de moi, j'ai scanné mon domaine. J'ai senti sa force vitale venir vers moi. Il n'était pas si loin et arriverait rapidement. Il était fort, mais pas assez. Mais plus important encore, il était seul. Cette stupide jeune fille n'était pas là. Elle n'était pas avec lui. Ce qui signifie que ce stupide mortel ne pouvait rien faire contre moi.

Les deux démons inférieurs devant moi attendaient toujours mes ordres.

« Je m'occuperai de cet imbécile impudent quand il sera là. Préparez nos chasseurs. »

Ils ont hoché la tête et se sont précipités hors de mon palais. Je vais écraser cet idiot. Puis je m'occuperais de restaurer mes pouvoirs.

Un profond grondement a secoué le sol. Je n'avais aucune idée de ce que c'était, mais il provenait de la grande structure où se trouvait probablement Eurynomos. Je n'avais pas l'intention d'attendre pour découvrir ce que c'était. Alors que le bateau accostait sur le rivage, les âmes ont commencé à descendre.

Charron m'a souri méchamment.

Il a parlé avec un ton tordu, « J'aimerais être témoin moi-même de ce que le destin te réserve. »

Je me suis contenté de le fixer et de descendre du bateau, un frisson parcourant mon dos.

J'ai marché vers la structure sombre. Elle ressemblait à une tour sombre entourée d'un linceul de nuages noirs. Le sommet de la tour avait des extrémités pointues qui portaient toutes une flamme bleue incandescente. Une aura maléfique semblait en émaner, rendant l'air lourd et suffocant à mesure que je m'en approchais. Des orques et des démons inférieurs ont essayé de m'attaquer. Je les ai rapidement éliminés. Ils ne représentaient aucun défi pour moi. Maintenant que j'étais plus proche de la tour, elle semblait plus grande que je ne le pensais. J'ai poussé la lourde porte métallique et je suis entré.

Je suis arrivé dans un long couloir sombre. Au bout de celui-ci, il y avait une grande pièce. Un lustre était suspendu aux motifs entrecroisés qui remplissaient le plafond. Une grande bibliothèque remplissait le mur de gauche, avec quelques chaises pour s'asseoir pendant que vous lisiez. Un étrange portail était ancré au sol par des piliers de bronze.

Au bout de la pièce, il y avait deux trônes. Le plus grand était vide. J'ai serré les poings en réalisant que ça devait être le trône d'Eurynomos. Ce bâtard ne méritait pas d'en avoir un. Sur le plus petit, quelqu'un était assis paresseusement.

J'ai fait un pas de plus. J'ai regardé avec étonnement ce que je ne pouvais décrire que comme un ange s'envoler dans les airs. Que faisait un ange ici ? Elle portait une robe rouge moulante décorée de fils d'argent. Ses ailes étaient noires, incrustées de bijoux rouges. Sa peau était pâle, et ses cheveux étaient aussi noirs que ses yeux. Elle était définitivement un ange. Mais je ne devais pas me laisser tromper. Je pouvais voir son âme avec mon pouvoir d'Alpha. C'était sombre et puissant.

Elle s'est mise devant moi, ses ailes se déployant largement, ses pieds touchant presque le sol.

« Eh bien, eh bien. Qu'est-ce que nous avons ici ? » demanda-t-elle d'un ton malicieux.

« Dégage de mon chemin », ai-je grogné. « J'ai des choses à régler avec Eurynomos. »

Elle a montré ses dents pointues en souriant et en se léchant les lèvres.

« Hm... » elle a soufflé. « Je ne pense pas qu'il aimerait que des gens comme toi le dérangent. Tu vois, il est plutôt occupé. »

La façon dont son visage s'est éclairé à la pensée du démon m'a dégoûté.

J'ai craché avec colère : « Tu devrais avoir honte d'être tombé dans les grâces d'un démon aussi répugnant. »

Elle a ri à mon commentaire, le son de sa voix résonnant à travers les murs.

« Oh, petit loup... Si seulement tu savais à quel point j'apprécie sa grâce. » Ses yeux brillaient de luxure quand elle a dit ces mots.

Un fort grognement s'est échappé de ma poitrine. Elle était une honte pour sa race.

« Tu es dégoûtante. »

Elle a feint d'être offensée.

« Ce n'est pas une chose gentille à dire, petit loup. Ce n'est pas comme ça que tu dois traiter une dame. »

J'ai gloussé à son commentaire, « Je vais mettre fin à ta misère. »

J'ai couru vers elle tandis qu'elle courait aussi vers moi. Je lui ai donné un coup d'épée pendant qu'elle me griffait avec ses ongles pointus. Ça faisait plus mal que ça ne devrait. Un sentiment étrange a commencé à m'envahir et m'a forcé à respirer fortement.

J'ai grogné : « C'est quoi, ça ? »

Elle a souri méchamment.

« C'est un petit avantage que j'ai obtenu en buvant le sang du démon. Ce poison devrait aider à se débarrasser de toi plus rapidement. »

Mes yeux se sont écarquillés quand elle a dit « poison. » Je ne savais pas à quel point c'était puissant. Ça me ralentissait, mais je ne voulais pas que ça m'arrête.

J'ai balancé mon épée vers son cou non protégé. Rapide comme l'éclair, elle a arrêté la lame à mains nues. Ma lame ne l'a même pas égratignée. Je me suis battu pour garder la lame à son cou, mais elle poussait contre elle avec une telle force. Elle a finalement retiré la lame de son cou, sur le côté.

Elle a parlé avec insolence, « Tu vas devoir faire mieux que ça, petit loup. »

Elle me narguait, se jouait de moi.

Elle m'a chargé, envoyant des rubans d'énergie noire vers moi. Je n'avais aucune idée de comment elle était capable de le faire. Des trous sont apparus sur le sol à l'endroit où ses rubans ont atterri et j'ai eu du mal à les éviter. Le poison qui coulait dans mes veines me ralentissait. J'ai sauté, essayant d'attaquer d'en haut. Elle a sauté aussi, aidée par ses ailes, et m'a rejoint dans les airs. Elle a envoyé une vague d'énergie vers moi et j'ai balancé ma lame vers elle. Ma lame a été capable de passer à travers son énergie. Cependant, la pointe de l'épée a à peine effleuré sa joue. Du sang noir coulait de la marque que ma lame avait faite.

Elle a foncé sur moi de tout son corps. Des tuiles ont été projetées en l'air et la douleur a traversé mon dos tandis que je m'écrasais sur le sol, le corps de l'ange pesant sur moi. En poussant de toutes mes forces, j'ai pu nous faire basculer et me retrouver sur elle. En battant des ailes, elle a pu me repousser et s'envoler un peu plus loin.

Elle a grimacé. Elle a mis sa main sur sa joue qui saignait.

« Ça fait mal. Qu'est-ce que tu m'as fait ? »

J'ai souri à son commentaire.

« Je suppose que c'est l'épée sacrée qui réagit à ton vil sang démoniaque. »

Elle a écarquillé les yeux et je n'ai pu m'empêcher de rire, heureux de savoir que ma lame était efficace contre elle. Elle s'est à nouveau lancée sur moi, mais j'ai pu l'éviter. Elle continuait à m'attaquer, et je continuais à l'éviter, mais je ralentissais. Je pouvais sentir le poison faire son chemin dans mes veines. Ma vision s'est troublée pendant un moment avant de revenir. J'ai senti mon estomac se retourner. Mon loup essayait de combattre le poison, mais il était déjà blessé par la rupture du lien d'âme sœur. Je devais en finir rapidement, ou mon corps allait me trahir.

J'ai balancé mon épée sur elle. Elle a crié quand j'ai réussi à lui entailler le sein. Du sang a commencé à s'en écouler, tachant sa robe. J'espérais que l'épée sacrée avait eu un effet affaiblissant sur elle. Elle m'a envoyé une autre vague de rubans d'énergie noire, mais je les ai facilement évités cette fois. Les rubans se sont écrasés sur l'étagère, envoyant des livres et du papier dans les airs. J'étais sûr qu'elle ralentissait. C'était ma chance de prendre le dessus.

J'ai sauté à travers la prochaine vague de rubans d'énergie qu'elle m'a envoyée et j'ai réussi à me rapprocher d'elle. Rapidement, j'ai poignardé ma lame avec force dans son ventre, tirant l'épée vers le haut. Elle a ouvert de grands yeux et s'est figée, surprise par la douleur soudaine qui lui traversait le corps. Un seul cri de douleur s'est échappé de ses lèvres. J'ai regardé son corps sans vie tomber sur le sol. Du sang noir s'est accumulé autour de son corps.

J'ai haleté à cause de l'effort. Je pouvais encore sentir le poison couler dans mes veines. La pièce était remplie de poussière et de débris de nos combats. Dans l'air flottait l'odeur des pages déchirées et du sang. Des plumes noires traînaient partout sur le sol.

Une lumière noire a émergé du corps de l'ange mort, suivie d'une lumière blanche pure et aveuglante. Je me suis demandé si elle était pardonnée de ses péchés, ou si elle serait damnée pour l'éternité.

Un clapement lent m'a sorti de mes pensées. J'ai levé les yeux du corps de l'ange pour voir un grand démon noir se tenir devant moi. Il était plus grand que moi. Je pouvais sentir à quel point il était puissant. L'air crépitait autour de lui, rempli de puissance. Je pouvais voir son âme. Elle était énorme et plus sombre que tout ce que j'avais vu dans le passé. La rage m'a envahi quand j'ai compris que c'était Eurynomos.

« Impressionnant, pour un simple mortel », a-t-il dit d'une voix dégoûtée avant de regarder le corps de l'ange sur le sol. « Dommage. Elle était si bonne à baiser. »

La bile a rempli ma bouche à l'idée que ce vil démon baise un ange. Ou baise quoi que ce soit... Je ne pouvais pas imaginer que quelqu'un veuille baiser un démon.

Je lui ai craché dessus, « Tais-toi, meurtrier. »

« Déjà avec les grandes accusations... Ce n'est pas moi qui ai tué Amaliel. »

Je lui ai répondu en grognant : « Non, mais c'est toi qui as tué ma compagne. »

Le démon a souri méchamment.

« Encore une fois, je dois dire que ce n'est pas moi qui ai enfoncé une épée dans son corps. »

Mon loup rugit de colère à cette déclaration, et un grognement s'échappa de ma poitrine. Je ne pouvais plus penser correctement. Je me suis précipité vers lui avec l'épée sacrée. Eurynomos n'a même pas bougé. Il a bloqué mon coup sans même lever le petit doigt. J'ai continué à lancer coup après coup, désespéré de tuer l'assassin de mon amante, mais je n'ai pas réussi à lui porter un seul coup. Un coup l'a touché au bras, mais il n'a même pas bronché.

J'ai continué à taillader avec l'épée, le désespoir m'envahissant alors qu'il devenait évident que je ne pouvais pas le tuer. Pourquoi ? Pourquoi le destin était-il si cruel ? Que ma compagne me soit enlevée et que je ne puisse pas tuer celui qui est responsable de sa mort. J'ai continué à me battre jusqu'à ce que je sois essoufflé par l'effort. Mes poumons étaient en feu. Chaque muscle de mon corps était douloureux. Je n'étais presque plus capable de bouger. Les blessures que j'avais déjà reçues lors d'autres combats et le poison commençaient à faire des ravages dans mon corps.

Tout ce que j'avais fait pour en arriver là... Tout ça pour rien ? Je me sentais si inutile. J'ai maudit le démon. Tout ce que je savais. Tout était un mensonge. Cette vie était un mensonge. Les dieux, s'ils existaient, étaient un mensonge. Il n'y avait pas de justice dans ce monde. Seulement de la douleur et de la souffrance. Je serais à jamais tourmenté par la mort de ma compagne, et par mon incapacité à la venger. Cette prise de conscience m'a frappé plus fort que tout, me blessant jusqu'au plus profond de mon âme.

« Tu as fini, maintenant ? » demanda Eurynomos d'une voix enfantine. « Pauvre petit mortel... Si frêle, si inutile ! »

Il s'est approché de moi et a touché mon bras. J'ai essayé de l'éloigner de lui mais je pouvais à peine le bouger.

« Qu'est-ce que ça fait ? D'être le meurtrier de la femme que tu aimais. »

« Je ne l'ai pas tuée ! » J'ai crié avec le peu d'énergie qu'il me restait.

Eurynomos a fait un commentaire agacé.

« Assez de mensonges, déjà ! Tu l'as assassiné, tout comme tu as assassiné celle qui gît sur le sol. »

J'ai regardé le corps de l'ange. C'était vrai. Je l'avais tuée. Combien en avais-je tué récemment ? Le fait qu'ils étaient orcs et gobelins justifiait-il le fait que je les ai tués ? Est-ce que c'était bien parce qu'ils étaient les méchants ? À leurs yeux, c'était moi le méchant. Que penserait ma mère si elle me voyait en ce moment ? Mes mains étaient souillées de sang. Je ne pourrais jamais les rendre propres.

« Maintenant, j'ai un moyen pour toi d'être utile. »

« Je ne veux rien de toi, misérable démon ! »

« Allons, écoute-moi avant de dire non. Je pourrais t'aider à faire ce que tu ne peux pas faire. Avec mes pouvoirs, tu pourrais faire revivre ta douce Leila. Tu pourrais la tenir dans tes bras et l'embrasser à nouveau. »

Mon cœur s'est arrêté de battre à cette révélation. Est-ce qu'il disait la vérité ? Bien sûr que non. Il essayait de me tromper. C'est ce que font les démons. J'ai essayé de bouger à nouveau, mais mon corps était léthargique.

« Tu mens ! Arrête de parler et tue-moi, car je ne peux pas sortir d'ici. »

« Toi ! » Eurynomos a crié à un gobelin qui se cachait dans un coin.

Il s'est approché prudemment, me regardant avec méfiance, ainsi que le démon.

« Ouvre un portail vers le bois sacré d'Ares, vers la pièce où repose la fille. »

Il a acquiescé nerveusement. « Oui, maître. »

Je regardais lentement le gobelin réciter quelques mots. Une déchirure s'est ouverte dans la réalité, ouvrant une fenêtre, me permettant d'observer le bosquet sacré d'Ares. Les orcs étaient dans la pièce, frappant tout ce qu'ils pouvaient. Le toit était en partie tombé, de gros blocs de pierre jonchaient le sol. Là, au centre de la pièce, exactement là où je l'avais laissée, se trouvait Leila. Son corps sans vie gisait sur le sol dans une mare de sang. Elle était aussi jolie qu'elle l'a toujours été. Mon loup a hurlé de douleur à la vue de sa compagne. Des larmes ont commencé à couler sur mes joues.

« Espèce de salaud ! » J'ai grogné de colère. « Pourquoi t'obstines-tu à me torturer ? »

Eurynomos a secoué la tête.

« Tu ne vois pas ce que tu pourrais faire avec mon pouvoir ? Nous pourrions récupérer son corps pendant qu'il est encore intact. Nous pourrions la ranimer. Il suffit de le dire. N'est-ce pas ce que tu veux faire, petit loup ? »

Je le fixais. Je n'avais plus de force dans mon corps, mon esprit était embrumé. Pouvait-il vraiment dire la vérité ?

Chapitre 6 (Bianca)

Ye Olde Atelier

Nous sommes revenus dans les rues de la ville. Nous avons commencé à errer, en regardant les magasins et les maisons. Je n'étais pas sûre de l'endroit où se trouvait la guilde magique, mais j'étais certaine que je la reconnaitrais lorsque je la verrais. Les gens étaient toujours curieux à notre sujet, mais la nouvelle de la bataille de tout à l'heure avait commencé à se répandre. Les enfants couraient près de nous par curiosité alors que nous faisions notre chemin dans les rues. Je sentais que notre présence était mieux acceptée qu'auparavant. Un groupe de colombes a volé au-dessus de nos têtes, et je me suis demandé si c'était un présage de chance.

Nous sommes arrivés sur une place de la ville. Il y avait une grande fontaine au centre et quelques bancs où les gens pouvaient s'asseoir à l'ombre des arbres. Un musicien jouait de la flûte. Les gens se pressaient autour de lui pour entendre sa chanson. Nous nous sommes arrêtés un moment, écoutant sa belle mélodie. Les enfants dansaient près de lui, et les gens étaient heureux. La musique du musicien était une oasis loin des soucis de la guerre. J'ai laissé mes problèmes de côté pendant un moment, emportée par la musique et la joie du moment. Steven m'a fait tournoyer au son de la musique. Une petite fille a attrapé ma main, et j'ai dansé avec elle aussi. Les rires emplissaient l'air, la joie remplissait mon cœur. Le musicien s'est incliné après avoir terminé sa chanson, tandis que la foule l'acclamait.

Il s'est adressé à la foule : « *Mërhank yôou.*[11] »

Le langage elfique sonnait comme une mélodie aussi. J'aimerais pouvoir l'apprendre. Peut-être que lorsque cette guerre sera terminée, je prendrais le temps de l'apprendre. Je pourrais toujours demander à Elashor. Nous avons quitté la place de la ville alors que la foule se dispersait.

Nous sommes rapidement arrivés dans une rue remplie de magasins. Chaque bâtiment avait une couleur différente, et certains d'entre eux avaient des appartements au-dessus de l'étage

---

[11] Merci.

commercial. Il y avait toutes sortes de boutiques, allant des magasins de jouets aux magasins d'armures. Ils étaient tous enlignés en rangée l'un après l'autre.

Le sol a commencé à trembler, nous obligeant à nous arrêter de marcher, un profond grondement s'élevant partout autour de nous. Les gens se regardaient les uns les autres, incertains de ce qui se passait. J'ai observé tout le monde. Je savais du plus profond de mon âme que cela ne pouvait pas être bon.

J'ai dit aux autres : « Je n'aime pas ça. »

Ils m'ont fait un signe de tête.

« Oui, nous ferions mieux de trouver la guilde magique, et vite », a répondu Steven.

Une vieille femme elfe s'est approchée lentement de nous.

« Excusez-moi », dit-elle avec un léger accent. « Vous cherchez la guilde magique ? »

Je lui ai souri.

« Vous parlez français ! »

« Oui, j'ai eu la chance de l'apprendre il y a des années lorsque je parcourais les terres. Mais c'était il y a longtemps. »

« Je suis certaine que c'était génial ! » J'ai répondu. « Et oui, nous sommes à la recherche de la guilde magique. »

Elle a désigné une rue à proximité.

« Allez juste un peu plus loin dans cette rue. À gauche, vous la verrez. Vous la reconnaîtrez. »

J'ai répondu, excitée : « Merci beaucoup ! »

Elle a hoché la tête et a continué son chemin. Les gens étaient retournés à leur vie quotidienne alors que nous marchions plus loin dans la rue que la dame avait indiquée, à la recherche de la guilde magique.

Nous n'avons pas eu besoin de marcher très loin avant de la voir. Le bâtiment était plus grand que la plupart des boutiques des environs. De chaque côté de la grande porte en bois à double face se tenaient deux grandes statues de mages tenant chacune un bâton. Un grand cercle décorait les portes. À l'intérieur du cercle se trouvait un dessin représentant chaque phase de la lune. Autour de ce grand cercle se trouvaient douze cercles plus petits avec le symbole de chaque type de magie : feu, eau, terre, glace, lumière, obscure, invocation, nécromancie, altération, restauration, transmutation, illusion.

« Hum je suis surprise de voir le feu, l'eau, la terre et la glace comme des types séparés », ai-je dit à haute voix.

Arius répondit : « La plupart du temps, ils sont regroupés sous le terme de 'magie élémentaire'. Mais ici, vous pouvez vous spécialiser dans chaque élément suffisamment pour qu'ils soient considérés comme un type à part entière. »

J'ai inspiré profondément à cette pensée. Les mages ici doivaient être très puissants pour réaliser un tel exploit. J'espérais que quelqu'un serait capable de m'aider à contrôler la magie de la déesse de la lune. La porte en bois a grincé doucement lorsque je l'ai poussée.

Devant nous se trouvait un petit bureau en bois. Des livres et des feuilles de papier s'empilaient partout dessus. Une plume d'oie flottait dans l'air, car un petit elfe la contrôlait magiquement. Il griffonnait quelque chose sur les feuilles de papier.

L'elfe des bois n'a même pas levé les yeux de son travail pour demander : « Que puis-je faire pour vous ? »

« J'ai besoin d'une formation en magie », ai-je répondu.

Il a parlé avec nonchalance, « Numéro d'enregistrement de la guilde et nom, s'il vous plaît. »

« Hum, je ne suis pas inscrite à la guilde. »

L'homme a levé un sourcil et m'a regardé par-dessus ses petites lunettes rondes qui se trouvaient sur le bout de son nez. Il avait l'air surpris de voir que je n'étais pas une elfe.

« Je suis désolé, mais j'ai peur que vous deviez être inscrit à la guilde pour pouvoir bénéficier de notre formation. »

J'ai soupiré. « Je suis la fille de la déesse de la lune. Je dois être entraînée si je veux avoir une chance de vaincre Eurynomos. »

Ses yeux se sont agrandis et la plume qui flottait est tombée sur le bureau, tachant certains documents d'encre. L'elfe a grimacé en voyant ses documents abîmés avant de me regarder.

« Eh bien, maintenant. C'est quelque chose que je n'entends pas tous les jours. Soit vous êtes désespérément à la recherche d'un entraînement, soit vous dites la vérité. Dans ce cas, Iain m'en voudrait beaucoup de ne pas avoir porté votre demande à son attention. »

« Iain ? »

« Le mage en chef de la guilde. S'il vous plaît, venez avec moi. »

Nous l'avons suivi jusqu'à un grand escalier. Blake s'est plaint du nombre d'étages que nous devions monter.

Il marmonna : « On pourrait penser qu'ils auraient des escaliers magiques ou quelque chose du genre... »

« Qu'est-ce que vous dites ? » demanda le réceptionniste.

« Rien », a répondu Blake.

Nous avons grimpé les escaliers jusqu'à l'étage le plus élevé. Quand nous sommes arrivés au sommet, nous avons vu un grand elfe qui jetait un sort. Un livre flottait devant lui tandis qu'il en récitait les mots. Ses longs cheveux blancs volaient dans l'air, luisant en jaune à cause du sort. Sa robe de mage rouge plaquée flottait autour de lui. Nous l'observions avec admiration, attendant qu'il ait terminé son sort.

Le vent s'est calmé quand il a arrêté de réciter le sort. Le livre s'est reposé sur le piédestal. Ses cheveux et sa robe sont retombés.

Il s'est tourné vers nous et a parlé au réceptionniste, agacé.

« Je t'ai dit de ne pas me déranger pendant que je jette un sort. »

Le réceptionniste a bégayé : « Je... je suis désolé, grand mage. Cette fille prétend être la fille de la déesse de la lune. Je pensais que vous voudriez la voir. »

Le mage s'est approché de moi, m'étudiant avec intérêt.

« Est-ce vrai ? Huh... » Il a fermé les yeux et a ouvert sa paume vers moi. Un vent doux a coulé sur ma peau alors qu'il le faisait. « Je peux sentir une puissante quantité de magie en vous. »

Il a ouvert les yeux à nouveau. « Qui êtes-vous ? »

« Mon nom est Bianca. Je suis la fille de la déesse de la lune. »

« Je pensais que ce n'était qu'une légende. Pourtant, vous êtes là, devant moi. Que puis-je faire pour vous ? »

« S'il vous plaît, monsieur, j'ai besoin de votre aide. Je dois apprendre à contrôler mon pouvoir magique si je veux réussir à tuer Eurynomos. »

Le mage a ri.

« Je ne suis pas assez vieux pour être appelé 'monsieur'. Appelle-moi Iain. Vous voulez tuer un démon ? »

Je lui ai fait un signe de tête. « Oui, Iain. Ce démon menace de tuer tout le monde et de régner sur tout. »

Iain a encore ri. « Vous savez, j'étais autrefois marié à un démon. Si vous connaissiez mon ex-femme, vous croiriez que cet Eurynomos n'est pas si mal. »

« S'il vous plaît, Iain, vous devez me former. »

Il a fait un geste de la main.

« Ok, très bien. Je vais vous former. Qu'est-ce qu'on a là ? » a-t-il demandé en désignant mes amis.

Tout le monde s'est présenté. Iain était curieux des vampires.

« Je n'ai jamais vu de vampires de près. C'est intéressant... J'aimerais étudier votre malédiction. »

Il a demandé, en désignant Steven, « Donc, vous dites que ce jeune homme est votre compagnon ? Et qu'il est un loup-garou ? »

Je lui ai fait un signe de tête et Steven a pris ma main dans la sienne, la serrant avec amour.

« Brillant ! J'adore les loups-garous ! J'ai toujours souhaité en être un. Je pourrais toujours me transformer en loup avec la magie, mais je ne pourrais jamais expérimenter le sentiment d'avoir un loup vivant en moi. »

Il a pris la main de Steven dans la sienne, la tournant de chaque côté, l'étudiant.

Il marmonna à lui-même : « On ne voit même pas les pattes et l'endroit où les griffes se rétractent. Intéressant ! Je me demande si je peux communiquer avec le loup... »

Il était clair qu'il tenait les loups-garous en grande estime.

J'ai demandé, brisant le regard d'Iain qui examinait Steven, « Quand pouvons-nous commencer la formation ? »

Il m'a regardé en souriant.

« Ah, oui ! Pourquoi pas tout de suite ? »

J'étais heureuse. Le plus tôt serait le mieux.

« C'est génial ! » répondit Zach. « Alors nous irons explorer la ville pendant que tu t'entraînes. »

Je leur ai fait un signe de tête. « Excellente idée. »

Steven a attrapé mes hanches et m'a embrassé amoureusement. Je l'aimais tellement.

Il a chuchoté : « Je reviendrai plus tard, mon amour. »

J'ai regardé mes amis quitter la pièce avec le réceptionniste, me laissant seul avec Iain. Je n'avais aucune idée de ce que serait cet entraînement, mais j'avais le sentiment que ce serait dur. Cela n'avait pas d'importance. Je ferais tout ce qu'il fallait pour maîtriser mes pouvoirs et vaincre Eurynomos.

************ PDV de Blake ************

Nous sommes sortis de la guilde magique. J'avais été impressionné par la guilde. Quelques étudiants semblaient être forts. J'ai pu sentir leur aura magique dès que nous sommes entrés dans le bâtiment. J'ai entrevu de puissantes reliques exposées derrière un champ de protection magique. Et Iain semblait très puissant. Il serait sûrement capable d'apprendre à Bianca à maîtriser ses pouvoirs.

« Vous pensez qu'il y a quelque chose d'intéressant dans cette ville ? » a demandé Steven.

« Bien sûr ! » répondit Arius. « C'est la plus grande cité elfique ! On trouvera forcément quelque chose qui vaille le coup. »

Nous sommes passés devant quelques boutiques. J'ai été impressionné par la richesse de la culture et de l'histoire des elfes.

J'ai parlé tout haut, en admirant l'architecture : « Je n'arrive pas à croire que j'ai vécu presque deux siècles sans jamais visiter cet endroit ! » Personne n'a rien dit, mais je savais qu'ils étaient d'accord avec moi.

On est vite arrivé à un magasin à l'allure bizarre appelé « Ye Olde Atelier. »

Zach a demandé : « Qu'est-ce que c'est que ce magasin ? »

En regardant par la fenêtre, on pouvait voir toutes sortes d'engins bizarres.

J'ai répondu en ouvrant la porte et en entrant dans la boutique : « Il n'y a qu'une seule façon de le savoir ! »

La lumière pénétrait faiblement dans le magasin par la fenêtre. Le magasin était rempli d'un nombre varié de choses, allant de statues en métal à d'étranges bijoux de toutes tailles. Il y avait des machines et des outils étranges, quelques marteaux faits de différents métaux. Des horloges étranges étaient accrochées au mur. Les murs eux-mêmes avaient des mécanismes en mouvement, et je me suis demandé à quoi ils servaient. Certains bidules étaient en mouvement, leurs mécanismes tournant en même temps que la machine. D'autres avaient des leviers et des boutons. Je devais me retenir d'appuyer dessus, car j'étais curieux de voir ce que cela faisait.

Un petit homme s'est éclairci la gorge derrière le comptoir. J'ai levé les yeux vers le comptoir pour voir un homme à peine au-dessus. J'étais surpris de voir un nain dans cette ville elfique. Ses lunettes étaient posées sur son nez rond. Il avait une épaisse barbe rousse et portait un chapeau melon brun. Ses mains volumineuses étaient posées sur le comptoir.

On s'est approché du comptoir, et j'ai réalisé qu'il était debout sur un tabouret. On aurait dit qu'il mesurait un mètre vingt tout au plus.

J'ai parlé le premier, « Bonjour, mon bon monsieur. »

« Eh bien, bonjour à vous », a-t-il répondu d'une voix rauque. « Que puis-je faire pour vous ? »

« Je dois dire que votre boutique nous a intrigués et que nous avons décidé d'y jeter un coup d'oeil. »

Il a souri à ma déclaration.

« Ah ! Oui ! C'est mon magasin de babioles. Kõrvits, inventeur de choses, à votre service. »

Il a enlevé son chapeau en disant cela, montrant ses courts cheveux roux.

« Inventeur ? » a demandé Elashor avec surprise.

« Mais oui, ma jeune dame ! Voulez-vous en savoir plus ? »

« Nous avons un peu de temps libre en ce moment, » a répondu Steven. « Je serais ravi d'entendre tout cela. »

Kõrvits s'est frotté les mains en souriant.

« Alors, puis-je vous proposer une tasse de café ou de thé ? J'ai acheté une délicieuse tarte à la citrouille ce matin mais je n'ai pas encore eu le temps de la manger. »

J'ai souri. « Bien sûr ! »

Le nain a tiré sur un levier, et les engrenages dans les murs ont commencé à tourner. Une trappe dans le plafond s'est ouverte, et un escalier a commencé à descendre. Les engrenages ont cessé de bouger lorsque l'escalier a atteint le sol.

Nous le regardions tous, bouche bée.

Kõrvits a souri. « Impressionnant, n'est-ce pas ? »

Il nous a fait signe de le suivre dans les escaliers. Au deuxième étage se trouvait une cuisinette avec une table ronde. Nous nous trouvions dans l'entre-toit de la boutique. De grandes fenêtres nous permettaient d'admirer la ville de là-haut, offrant une belle vue sur les environs. J'ai été surpris de voir que de nombreux magasins avaient une petite terrasse sur leur toit. L'une des fenêtres était ouverte, laissant le bruit des oiseaux et une douce brise entrer dans la pièce.

« S'il vous plaît, prenez un siège », dit le nain en préparant du thé et du café.

La table était trop basse pour que nous puissions utiliser les chaises. Nous avons décidé de nous asseoir par terre, les jambes croisées. Kõrvits a apporté des boissons et de la tarte à la citrouille à tout le monde et est venu s'asseoir avec nous.

« Alors, vous êtes un inventeur ? » demanda Elashor, les yeux pétillants de curiosité.

« Ah ! Oui, ma jeune dame. »

« Elashor. »

« Bien! Elashor et s'il vous plaît, ne me vouvoyez pas. J'étais autrefois un aventurier. »

J'ai demandé, intrigué : « Tu l'étais ? »

« En effet, je l'étais. J'avais l'habitude de parcourir les terres avec un groupe de nains. Nous explorions d'anciennes ruines à la recherche de richesses et nous aidions les gens qui avaient besoin de nous. »

« Que faisais-tu pour aider les gens ? » a demandé Elashor.

« Oh, toutes sortes de choses ! Tuer des rats, aller chercher des objets rares, ou tuer des monstres. »

Elle a exhalé de surprise.

« Tuer des monstres ? »

« Oui ! Ça, et attraper les vauriens et les voleurs. »

« On dirait que c'était une bonne vie », a commenté Arius.

« Ça l'étais ! Mais c'est là que j'ai découvert que je n'étais pas bon pour me battre. Mais j'étais bon pour fabriquer des choses qui se battaient pour moi. »

J'ai demandé, intrigué : « Qui se battaient pour toi ? »

Le vieux nain a souri.

« Oui, j'ai inventé d'innombrables machines volantes, catapultes et robots. Ils combattaient les ennemis aux côtés de mes amis. C'était ma façon de les aider. »

« C'est plutôt ingénieux », ai-je commenté.

« Alors pourquoi avoir arrêté ? » a demandé Steven.

Le visage de Kõrvits a changé.

« Un jour, nous traquions une bande de bandits qui terrorisait un petit village à l'est. Nous avions entendu dire qu'ils se cachaient dans une grotte à proximité. Nous avons monté le camp à un kilomètre de là pour planifier notre attaque. »

Ses yeux fixaient l'espace vide, regardant des souvenirs d'un autre temps que lui seul était capable de voir.

« Nous avons été pris en embuscade la nuit par les bandits. Je me suis réveillé en voyant mes amis se faire massacrer par eux. Je me suis caché dans les buissons, car je ne pouvais pas les combattre. Mes robots n'étaient pas prêts à se battre non plus. Je n'avais pas eu le temps de les préparer. J'ai regardé avec horreur comment ils ont tué chacun de mes amis. Quand ils sont partis, j'ai fui aussi loin que possible jusqu'à ce que j'arrive dans cette ville. »

Nous sommes tous restés assis en silence, écoutant sa triste histoire.

« Quand je suis arrivé ici, j'étais faible, fatigué, et mon âme était détruite par la perte de mes amis. La ville était ouverte à tous. J'ai trouvé des gens qui m'ont accueilli, m'ont donné une maison, une famille et de l'amitié. Quand je me suis senti mieux, j'ai décidé de rester ici, et de faire ce que je faisais le mieux. Être un inventeur. »

Le silence a envahi la pièce tandis que nous réfléchissions à ce que Kõrvits venait de dire. Cela a dû être difficile. Mais c'était bien qu'il ait trouvé un moyen de se sentir mieux et de vivre une nouvelle vie.

« Je croyais que les nains détestaient les elfes », a dit Elashor.

Kõrvits a souri. « C'est vrai, il y a quelques vieilles querelles entre nains et elfes. Mais j'ai vécu ici pendant presque cent ans maintenant. J'ai aidé d'innombrables personnes et construit de vraies amitiés. Quelles que soient les vieilles querelles qui ont existé, elles sont oubliées. »

Elashor a dit à haute voix ce que nous pensions tous : « Je pense que c'est merveilleux que tu aies trouvé un endroit où vivre heureux. »

« Pourquoi n'y es-tu pas retourné ? » a demandé Steven.

« Retourner où ? » a demandé Kõrvits. « À l'aventure ? »

« Non, » répondit Steven. « À la cité des nains. »

« J'y ai pensé plusieurs fois », a admis Kõrvits. « La ville dont je suis originaire est très éloignée d'ici. Il me faudrait plusieurs semaines pour y aller. Je ne veux pas être le porteur de mauvaises nouvelles. Je ne veux pas être celui qui annonce la mort de mes amis. Je préfère qu'ils croient que nous sommes encore en train de vivre une aventure. »

Je pouvais comprendre. Imaginez, être le seul du groupe à rentrer dans votre ville natale. Devoir expliquer à tout le monde comment ils ont été tués. Devoir justifier pourquoi vous êtes toujours en vie alors que tout le monde est mort. Je parie qu'il se sentait coupable derrière sa façade de plaisantin sympathique.

« Assez de bavardages, cette tarte ne va pas se manger toute seule ! » a déclaré Kõrvits.

Nous avons mangé la tarte à la citrouille qu'il nous avait donnée.

« C'est vraiment bon », ai-je dit, surpris; la citrouille n'est généralement pas ma préférée.

Kõrvits a souri. « Ils l'ont fait cuire spécialement pour moi à la boulangerie en bas de la rue. La citrouille est ce que je préfère. »

J'ai noté mentalement de visiter cette boulangerie plus tard. S'ils pouvaient transformer la citrouille en quelque chose d'aussi délicieux, alors ils étaient sûrement capables de faire des merveilles avec d'autres choses.

Nous avons remercié Kõrvits pour le café et la tarte et sommes redescendus au magasin.

Il nous a appelé : « Avant que vous ne partiez. »

Il a donné une petite montre de poche à Elashor.

« S'il vous plaît, prenez ça. »

Elle l'a regardé sous tous les angles.

« C'est un coucou de poche. »

« Un quoi ? » lui a-t-elle demandé.

« Un coucou de poche. Je l'ai fabriqué moi-même. Le coucou sonne l'heure. »

Nous avons observé la petite montre de poche, pas plus grande qu'une main.

« Il doit être très petit ! » a commenté Elas-hor.

Kõrvits a souri. « C'était difficile à faire, mais j'en suis assez fier. »

Elashor a serré le vieux nain dans ses bras. « Merci beaucoup ! »

Il nous a fait signe en sortant de la boutique.

« À la prochaine! »

Nous avons marché dans la rue et nous nous sommes retrouvés à la fontaine sans même nous en rendre compte. Elashor a sorti l'horloge de poche juste au moment où il était trois heures. Un petit coucou mécanique est sorti de la montre pour sonner l'heure.

« Eh bien! Avez-vous vu ça ! C'est impressionnant ! » a commenté Zach.

Nous étions tous d'accord.

« Pourquoi ne pas nous arrêter pour faire une pause ? » a demandé Elashor. Elle s'est assise sur un banc avec Arius. Peu après, ils se sont embrassés.

« Pourquoi ne pas nous regrouper à cinq heures devant la guilde de la magie ? » proposa Zach. « Je vais aller voir la boutique d'armes locale. »

Steven a ajouté avec empressement : « Attends-moi ! »

Je leur ai fait un signe de tête.

« Allez-y, les gars. Je veux voir cette boulangerie dont Kõrvits a parlé. »

Nous avons laissé Arius et Elashor avoir un peu de temps seuls. Je suppose qu'ils n'ont pas eu beaucoup de chance d'être seuls, ces derniers temps.

Je suis sûr qu'ils apprécieraient un peu d'intimité...
même si c'était sur une place publique, devant une
fontaine.

     Je suis retourné dans la même rue que celle
d'où nous venions, je suis passé devant la boutique
de Kõrvits et j'ai fini par arriver devant une petite
boulangerie. L'odeur du pain frais se dégageait par
les portes lorsque les clients entraient dans la boutique. Par la fenêtre, je pouvais voir plusieurs pâtisseries et gâteaux. Ils avaient même des pâtisseries
spéciales que nous n'avons que dans les boulange-
ries vampires. Bien que nous les fassions habituellement avec du sang. Je doute fortement qu'elles
contiennent du sang. Mais j'étais quand même surpris.

     Au moment où je m'apprêtais à entrer dans
la boulangerie, la porte s'est ouverte et Eshenesra
est sortie. J'ai figé, incapable de bouger, frappé par
sa beauté. Elle portait des paniers de pains et de pâtisseries. C'était lourd, et elle avait du mal à les porter tous.

     Elle s'est arrêté et m'a regardé fixement. Ses
yeux jaunes fixaient mon âme. Elle était vraiment
un diamant noir, qui n'attendait que d'être cueilli. La
seule chose à laquelle je pouvais penser était à quel
point je voulais me rapprocher d'elle, planter mes
dents dans son cou et l'embrasser.

« Bonjour », ai-je dit, ne sachant pas vraiment quoi lui dire. « Je, euh, t'ai vu ce matin au palais. »

Elle regardait le sol, ne répondant à rien.

« Je... je suis désolée pour ce qui s'est passé. C'était maladroit de ma part... Pardon. »

J'ai froncé les sourcils en entendant sa phrase.

« De quoi parles-tu ? Ce qui est arrivé n'était pas de ta faute. »

Ses yeux se sont levés pour regarder les miens pendant un instant. Je pouvais y lire des secrets inavouables.

« S... s'il vous plaît, c'était... »

J'ai crié : « Ça ne l'était pas! »

Elle a fait un pas en arrière, et je me suis immédiatement senti mal d'avoir crié après elle. Je ne voulais pas l'effrayer. J'étais juste tellement en colère en repensant à ce qui s'était passé.

« Je suis désolé d'avoir crié. » J'espérais seulement qu'elle me pardonnerait. Elle est restée là, à regarder.

« Ce manager, c'est lui le responsable. Il n'avait pas le droit de te parler comme il l'a fait. Tu ne devrais pas le laisser te crier dessus comme ça. »

Je souhaitais qu'elle s'ouvre à moi. Je voulais qu'elle réponde à tout. Mais elle ne l'a pas fait. Je n'avais aucun moyen de savoir ce qu'elle pensait. Elle fixait seulement le sol.

Ne sachant pas quoi dire ensuite, j'ai demandé : « As-tu besoin d'aide pour amener tout cela au palais ? »

Elle a répondu d'une petite voix : « Je ne veux pas te déranger. »

« Ça ne me dérange pas du tout », ai-je répondu joyeusement en attrapant le panier. C'était facile pour moi de le porter, et j'étais heureux de l'aider.

J'ai commencé à marcher en direction du palais, avec elle à mes côtés. J'appréciais sa proximité. J'avais jusqu'au palais pour essayer de la faire parler un peu. Ou de trouver quelque chose à dire. Je me sentais maladroit près d'elle. C'est comme si les mots trébuchaient en moi et que je n'arrivais pas à former une phrase cohérente. J'espérais seulement qu'elle fasse la conversation avec moi.

Chapitre 7 (Eshenesra)

La reine endormie

Il était si fort. Il était capable de soulever les paniers si facilement. Pourquoi était-il si gentil avec moi ? Je n'étais qu'une servante du palais. Qui plus est, seulement une elfe noir. Personne n'aimait les elfes noirs. C'est pourquoi notre espèce était si recluse. Pourtant, il était là, à m'aider. Je ne savais pas comment réagir à la gentillesse. Ce n'était pas quelque chose que les gens montraient habituellement autour de moi.

Il était si près de moi quand nous marchions vers le palais. Son corps était plus froid que le mien. Ça signifiait qu'il était un vampire. Je pensais que j'aurais peur la première fois que je rencontrerais un vampire. Pourtant, j'étais là, ravie d'être si proche de lui. Toutes ces pensées se bousculaient dans mon esprit. Boirait-il mon sang s'il en avait l'occasion ? Les vampires étaient-ils tous des meurtriers suceurs de sang ? Pouvait-on vraiment leur faire confiance ?

J'étais sûre que la réputation de leur race était exagérée. Un peu comme la réputation des elfes noirs. Mais je ne pouvais pas passer outre le fait qu'ils buvaient du sang pour se maintenir.

« J'aimerais bien que tu répondes quand je te pose une question. »

Je l'ai regardé, surprise. J'étais tellement perdue dans mes pensées que je ne faisais pas attention à ce qu'il disait.

« Je suis vraiment désolé, heu... je ne connais pas ton nom », ai-je admis.

« Blake », a-t-il répondu d'une voix grave.

Sa voix était plus sexy que je ne voulais l'admettre.

« Je suis désolé, Blake. J'étais perdue dans mes pensées. »

Son sourire m'a réchauffé le cœur. Je ne voulais pas céder à mes sentiments. L'amour ne se termine que par la déception et la douleur. Je ne comprenais pas pourquoi il m'attirait, mais il valait mieux que je l'oublie. Il quitterait sûrement la ville quand il aurait terminé ses affaires ici. Je redeviendrais alors la servante que j'ai toujours été au palais. Seule et oubliée de tous.

« Je voulais savoir quel est ton travail au palais. »

« Je ne suis d'aucun intérêt. Je ne fais que préparer la nourriture et nettoyer le palais. »

Blake a souri à ma réponse.

« J'aimerais goûter les plats que tu prépares. »

J'ai senti mes joues rougir à cause de son compliment. Ça me rendait heureuse de savoir qu'il aimerait goûter ma cuisine. Personne n'a jamais rien dit sur la nourriture que je fais.

« Alors, as-tu de la famille ou des amis par ici ? Je n'ai pas vu beaucoup d'elfes noirs en ville. »

Mon cœur s'est effondré à sa question. Je ne voulais pas lui dire comment ma famille avait été brutalement assassinée. Je ne voulais pas admettre à quel point ils me manquent chaque jour, même si cela faisait des décennies. J'ai sauté cette partie et choisi de répondre uniquement à propos des elfes noirs.

« La plupart des elfes noirs vivent dans la clandestinité. Ma race n'est pas appréciée par les autres races. Pendant des années, nous avons été persécutés. À cause de cela, beaucoup d'entre nous sont devenus ce que les autres nous accusaient d'être : des assassins et des criminels. Très peu d'entre nous vivent en ville. Ceux qui le font, vivent dans l'ombre. »

Blake a froncé les sourcils à mon commentaire.

« Les gens ne devraient pas juger les autres en fonction de leur race. C'est stupide. »

Il avait raison. Mais le contexte et notre histoire ont changé l'esprit des gens de manière irréversible.

Il a ajouté : « Je suppose que lorsqu'on vous dit si souvent que vous êtes mauvais, cela vous change, et vous devenez ce qu'ils disent. »

Je lui ai souri.

« Merci, tu es si gentil avec moi. »

Il m'a regardé avec un tel sourire que j'aurais voulu me cacher sous les pavés sur lesquels nous marchions. J'ai tripoté nerveusement mes doigts.

« As-tu une famille ? »

Encore une fois, cette question. J'ai soupiré. Je suppose que je devais répondre quelque chose...

« Non, ils ont tous été tués quand j'étais enfant. »

Son visage a changé à cette phrase.

« Je suis vraiment désolé. »

Je pouvais sentir qu'il était sincère. C'était un sentiment étrange d'avoir quelqu'un qui soit gentil avec moi. Je pourrais m'y habituer. Mais je savais qu'il allait probablement partir dans quelques jours. Je serais anéantie si je m'attachais à lui.

En arrivant au palais, Blake s'est tourné vers moi et a dit : « Je vais t'accompagner jusqu'à l'endroit où tu dois apporter ça. »

J'étais reconnaissante pour son aide. J'espérais seulement que Scalanis ne m'en voudrait pas d'avoir quelqu'un qui m'aide. Nous nous sommes dirigés vers les quartiers des serviteurs.

Lorsque j'ai ouvert la porte, Scalanis a immédiatement commencé à m'injurier.

« Te voilà, Eshenesra. Espèce de bonne à rien de ssalope ! Tu as pris ton temps. Qui va essuyer les planchers pendant que tu n'es pas là ? Je devrais te donner une leçon. »

Il s'est tourné vers moi et s'est figé quand il a vu Blake. Blake semblait bouillir de colère.

Il a posé le panier sur la table sans rien dire. Il a fait quelques pas vers Scalanis, avec l'air de vouloir lui arracher la tête. Scalanis a dégluti et a fait un pas en arrière. Je ne pouvais m'empêcher de me réjouir à la vue de ce méchant elfe que je détestais tant, avoir peur comme ça de Blake. Après quelques pas, Scalanis ne pouvait plus s'éloigner, son dos heurtant le mur.

Blake lui a parlé sévèrement.

« Laisse-moi être clair. La prochaine fois que tu lui parles de cette façon, je t'arracherai personnellement la langue de la bouche, pour que tu ne puisses plus parler. Est-ce que je me fais bien comprendre ? »

Scalanis a hoché nerveusement la tête. Je me tenais dans un coin, essayant de cacher mon sourire.

Blake s'est tourné vers moi, en souriant.

« C'était sympa de parler avec toi. »

Je lui ai souri en retour.

« Merci pour ton aide », ai-je répondu timidement.

Il m'a fait signe. Je l'ai regardé sortir. Mon cœur battait pour lui, malgré moi. Je ne voulais pas m'attacher à lui. Mais il était déjà trop tard pour cela.

*********** PDV de Will ************

Je me suis relevé. Le pouvoir circulait dans mon corps. Je ne me suis jamais senti aussi puissant. Je pouvais sentir les ténèbres couler dans mes veines. Le démon restait silencieux, résidant à l'intérieur de moi, partageant mon corps avec mon loup. Il tenait sa part du marché jusqu'à présent. J'ai serré les poings, essayant d'oublier le pacte que j'avais fait avec ce vil démon pour récupérer ma compagne. Je ne pouvais pas vivre sans elle. Je me moquais de ce qui devait être fait, je la ramènerais.

Le gobelin a tremblé de peur à ma vue. Je l'ai regardé avec un regard froid. La seule chose qui comptait maintenant était de récupérer le corps de Leila tant qu'il était encore intact. J'ai fait un pas vers le portail, mais le gobelin m'a arrêté avec son bâton, des gouttes de sueur perlant sur son front.

J'ai rugi, ma voix résonnant sur les murs de la pièce : « Tu oses m'arrêter ? »

Le sol a tremblé par mon pouvoir.

« Ce... ce portail n'est qu'une sortie. Vous devez passer par le portail principal pour pouvoir revenir à travers lui, maître. »

J'ai grogné d'agacement.

« *Il dit la vérité* », a dit Eurynomos à travers mon esprit. « *Va dans la chambre principale. Le portail est là.* »

« Montre-moi le chemin de la chambre-principale », ai-je ordonné au gobelin.

Il acquiesça à ma demande, m'amenant dans une vaste pièce un peu plus loin. Elle était remplie de bibelots magiques, et un grand portail se trouvait au centre de la pièce.

J'ai essayé d'atteindre le portail, mais les orcs m'ont barré la route.

« *Vous ne savez pas reconnaître votre maître quand il est devant vous, bande d'idiots ?* » cria Eurynomos par ma bouche d'une voix sombre et profonde.

Je n'étais pas habitué à ce que mon corps soit contrôlé par quelqu'un d'autre que moi. C'était bizarre d'entendre ma voix sonner comme ça.

Les orcs m'ont regardé, abasourdis, mais m'ont laissé passer le portail.

J'ai demandé à voix haute à Eurynomos : « Comment ça marche ce truc, démon ? »

« Concentre-toi sur l'endroit où tu veux aller, et le portail fera le reste », a répondu le démon à travers mon esprit.

J'ai concentré mon esprit sur le bosquet sacré d'Ares, en pensant à ma douce Leila et à l'endroit où son corps reposait. Assez rapidement, le portail a brillé, et il s'est concentré sur l'endroit où je voulais aller. Au moment où j'ai essayé de le franchir, un centaure s'est approché. Il m'a regardé, confus, mais a semblé reconnaître le démon en moi.

« Je suis venu faire mon rapport sur la guerre, monsieur. »

Au moment où j'allais l'ignorer et franchir le portail, Eurynomos m'a arrêté.

« Nous devons continuer la guerre. Ecoute-le », m'a-t-il ordonné à travers mon esprit.

J'ai grogné d'agacement.

« Parle! », ai-je dit sévèrement au centaure.

« L'invasion se déroule bien. Le massacre a commencé dans toutes les grandes villes. Tout devrait bientôt être prêt pour votre arrivée. »

L'idée que des gens se fassent tuer me rendait malade. Mais je ne pouvais rien faire pour l'instant. Pas avant d'avoir récupéré ma Leila.

« Bien, rompez », ai-je répondu.

Il m'a regardé, mal à l'aise.

« Que devons-nous faire ensuite, monsieur ? »

J'ai haussé les épaules.

« Vous êtes le général, n'est-ce pas ? »

La créature a hoché la tête.

« Alors trouvez une solution. J'ai des affaires plus urgentes », crachai-je en faisant un pas dans le portail, déterminé à rejoindre ma Leila bien-aimée.

Un Eurynomos en colère a gémi en moi.

Il m'a prévenu, *« Fais attention, loup. Rappelle-toi notre accord. »*

Je lui ai répliqué avec hargne, « Ne t'inquiète pas, démon. Je n'oublierai pas. »

Les orcs m'ont fixé de leur regard stupide alors que je sortais du portail et apparaissais près du corps de Leila.

« Qu'est-ce que vousregardez ? » grogna Eurynomos par ma bouche.

Les orcs ont sursauté et ont reculé quand ils ont reconnu le démon.

J'ai ramassé le corps de Leila. Elle était si froide, baignant dans le sang. Elle était si jolie, malgré sa mort. Mon cœur s'est déchiré en la voyant comme ça. Toute la tristesse que j'essayais de repousser est revenue. J'ai serré son corps sans vie dans mes bras, essayant de me rappeler que bientôt elle serait à nouveau vivante à mes côtés.

Est-ce qu'elle me détesterait pour ce que j'ai fait ? Me pardonnerait-elle ? Comprendrait-elle que je ne pouvais pas la laisser partir ? J'espère seulement qu'elle m'aimerait toujours, malgré ce que je suis devenu.

Le sol a tremblé, et des pierres détachées sont tombées du plafond. Tout cet endroit menaçait de tomber, de s'effondrer. Sans attendre plus long-temps, j'ai retraversé le portail, tenant dans mes bras la femme que j'aimais.

Le monde souterrain était inhospitalier. Je ne voulais pas que ma douce Leila revienne à la vie dans ce monde stérile. J'avais entendu parler de la légende du château de Darton. C'était censé être un vieux château abandonné, perdu dans les mon-tagnes au nord. Ce serait une meilleure base que ce misérable endroit.

« Je pars de cet endroit », ai-je grogné au démon.

« Nous ne pouvons pas arrêter l'invasion. N'oublie pas notre accord, ou elle restera un ca-davre pour toujours. »

Mon loup a grogné à la menace du démon.

Je me suis tourné vers le général centaure.

« Vous là-bas, continuez l'invasion. Nous devons prendre le contrôle de ces villes. »

« Oui, monsieur. »

« J'ai besoin d'un petit détachement pour venir avec moi. J'aurai besoin de protection dans mon château pendant que je m'occupe de Leila. »

« Oui, maître », répondit un autre gobelin.

Les gens ont commencé à courir partout, répondant aux ordres que je donnais. Le général centaure est venu me voir, tenant un petit portail.

« Monsieur, pendant votre absence, nous pourrons rester en contact avec ce portail. Je pourrai vous faire des rapports, et vous pourrez envoyer vos ordres. »

C'était exactement ce dont j'avais besoin. Ce portail s'avérais plus utile que je ne l'avais pensé.

« Bien. »

J'ai parlé assez bas pour qu'Eurynomos uniquement entende : « Satisfait, démon ? »

Le démon a grogné dans ma poitrine, me faisant comprendre qu'il était d'accord avec cet arrangement.

J'ai regardé le portail et me suis concentré sur tout ce que je savais sur le château de Darton. J'espérais seulement que ça marcherait, même si je ne connaissais pas son emplacement exact. Je me suis concentré pendant un long moment, une image floue se formant sur le portail. Oui, ça prenait forme ! Je continuais à y penser. Je pouvais m'en souvenir maintenant. Je ne comprenais pas pourquoi je pouvais m'en souvenir.

« *C'est parce que j'y suis déjà allé* », a dit le démon dans mon esprit.

D'une certaine façon, les souvenirs d'Eurynomos et les miens se mélangeaient. Je m'en fichais; cela s'avérait très utile.

Après un moment, un château sombre est apparu sur le portail. Il se tenait sur une montagne glacée. Les vents et la neige se fracassaient contre ses murs. Ses plus hautes tours semblaient perdues dans les nuages noirs au-dessus. Les fenêtres étaient sombres, ce qui donnait au château une atmosphère de cathédrale gothique. Je ferais en sorte de rendre cet endroit vivant pour Leila. Chaque chose en son temps.

J'ai franchi le portail avec le corps de Leila toujours dans mes bras. J'ai ouvert la grande et lourde porte en bois. Le château était sombre, mais j'ai découvert qu'avec mes nouveaux pouvoirs, il me suffisait de me concentrer sur les torches au mur pour qu'une flamme s'anime. Ce nouveau pouvoir s'avérait plutôt utile. L'endroit était couvert de toiles d'araignées et de poussière. Dans l'air flottait une odeur de moisissure. Je suis entré dans la salle du trône. Ce serait la base parfaite pour moi.

« On doit amener le portail dans cette pièce », ai-je dit au démon qui était en moi.

Il n'a pas répondu, mais j'ai senti un pouvoir venant de l'intérieur de moi. Quelques secondes plus tard, le portail est apparu, flottant dans l'air, tiré par mon pouvoir. Le portail s'est arrêté devant le trône. Alors que je me concentrais sur lui, des pierres flottantes sont venues d'autres pièces du château et se sont assemblées pour former un piédestal, maintenant fermement le portail en place.

« *Voilà* », répondit Eurynomos.

J'ai regardé à travers le portail. Le général centaure était toujours là.

J'ai demandé : « Mes troupes sont-elles prêtes ? »

« Oui, monsieur, ils attendent vos ordres. »

« Bien, faites-les venir ici. J'ai besoin que mon bataillon soit prêt à défendre ce château. »

Le centaure hocha la tête. De l'autre côté du portail, des rangées de démons, de succubes, de harpies, de centaures, d'orcs et de gobelins ont commencé à traverser le portail, se dirigeant vers le château.

« Commencez par nettoyer cet endroit », ai-je ordonné aux premières troupes arrivées. « Je reviendrai dans un moment pour évaluer vos progrès. »

Ils n'ont pas discuté. Ils ont seulement hoché la tête et se sont attelés à la tâche.

Je me suis aventuré dans le château à la recherche d'une chambre convenant à ma douce Leila. J'ai rapidement trouvé exactement la chambre dont j'avais besoin. Elle était encore assez intacte. C'était probablement la chambre de la reine. Le plafond était décoré de roses dorées peintes. Les fenêtres étaient drapées de riches rideaux rouge foncé avec des doublures en fil d'or. Un lit majestueux occupait le mur au fond de la pièce. Le lit était encore fait, comme si quelqu'un avait eu l'intention d'y revenir. Les draps semblaient encore intacts et propres.

Cette chambre était parfaite pour ma compagne, ma douce Leila. Je vais en faire ma reine. Je l'ai allongée sur le lit et j'ai enlevé ses vêtements tachés de sang. Dans la salle de bain adjacente, j'ai trouvé un gant de toilette. J'ai nettoyé doucement le sang sur son corps avec de l'eau chaude. Elle était aussi belle que le jour où j'ai posé mes yeux sur elle pour la première fois. L'armoire contenait encore quelques vêtements de femme. J'ai trouvé une robe rose pâle qui lui allait parfaitement. Je l'ai allongée doucement sous les couvertures. Avec ses yeux fermés, habillée comme ça, elle avait presque l'air de dormir.

Même mon loup était dupe, me suppliant de me mettre au lit avec elle et de la réveiller. Mais je savais que son cœur ne battait plus, et que son corps était froid. J'ai embrassé ses lèvres froides avant de m'éloigner du lit.

J'ai ordonné à Eurynomos : « Démon, c'est le moment de tenir ta part du marché. Ressuscite-la ! »

Le démon a grogné à l'intérieur de moi.

« Quelle impudence ! Je ne peux pas encore la ressusciter. Mes pouvoirs ne sont pas complètement restaurés. »

J'ai crié avec rage, « Quoi ? Tu m'as menti ! »

« Je pourrai la ressusciter dès que nous aurons récupéré l'Etcheur du Désir. »

J'ai crié, la colère bouillonnant dans mes veines. « Qu'est-ce que c'est que l'Etcheur du Désir ? »

« Calme-toi, loup. C'est la dague enchantée appartenant à la reine des Nymphes de l'Air. Elle contient le reste de mes pouvoirs. »

« Tu n'as jamais parlé de ça avant. »

« Tu n'as rien demandé. »

J'ai maudit le démon. Je détestais Eurynomos, mais il était la clé pour revoir ma douce Leila.

« Où puis-je trouver cette reine ? »

« Elle réside au sommet des montagnes de Nokorath, au sud de la cité elfique Mytvathyr. »

Le sol a tremblé autour de moi à cause de la colère.

Je suis sorti en trombe de la pièce et je suis retourné dans le trône. Mon bataillon était tous là maintenant. La pièce était nettoyée. Ils me regardaient avec crainte, sentant la rage qui m'habitait.

« Écoutez-moi », j'ai parlé avec autorité. « Dans la pièce du fond se trouve ma compagne. Je vais tuer chacun d'entre vous si quelque chose lui arrive. Est-ce bien compris ? »

Ils ont hoché la tête nerveusement.

« En attendant, vous devrez restaurer le reste du château et garder l'entrée contre les attaquants. »

« Oui, maître », répondit une succube en s'inclinant.

Une gargouille m'attendait à l'extérieur du château. Elle était grande, grise, et osseuse. Elle n'avait ni écailles, ni fourrure, ni plumes. Seulement de la peau nue. Elle avait des griffes acérées sur les bras qui se transformaient en ailes de chauve-souris géantes. Elle avait une longue queue et des trous pour son nez. Elle me regardait avec ses dents acérées et ses oreilles pointues. Si j'avais su que je volerais sur une créature aussi horrible, j'aurais gardé Ladon à mes côtés, ai-je marmonné.

« Tu ferais mieux de ne pas me tromper, démon », ai-je prévenu Eurynomos avant de monter la créature.
La créature a rapidement commencé à voler vers le sud, en direction des montagnes de Nokorath.

Chapitre 8 (Bianca)

Bain royal

La sueur perlait sur mon front. Combien d'heures s'étaient écoulées depuis que mes amis m'ont quitté ? Mon esprit était embrumé par l'effort. Je suis tombée à genoux. J'avais été capable d'apprendre à contrôler certains éléments. J'avais l'impression de ne pas apprendre assez vite, mais Iain semblait penser le contraire.

« Tu fais de grands progrès ! »

J'ai pris une profonde inspiration, mes bras tremblaient encore. Je m'en voulais de ne pas être capable d'apprendre plus vite.

« Je sais, mais je ne suis pas encore prête. »

« Tu te débrouilles très bien ! La plupart des mages mettent des mois à apprendre ce que tu as appris aujourd'hui ! »

« Je n'ai même pas commencé à apprendre comment contrôler les pouvoirs de la Déesse de la Lune ! »

Iain a souri et m'a tendu la main pour m'aider à me relever.

« Les pouvoirs de la Déesse de la Lune sont très uniques. Tu dois apprendre à utiliser la magie de base avant d'espérer maîtriser des techniques plus avancées. »

Je savais qu'il disait la vérité, mais je me sentais quand même frustré. Je savais que j'avais le pouvoir de guérir les gens. Je l'avais fait plusieurs fois auparavant. Mais il s'était manifesté quand j'en avais besoin. Je ne le contrôlais pas. J'ai même ranimé Damien une fois, pour l'amour de Dieu ! Mais c'était la Déesse de la Lune qui répandait ses pouvoirs à travers moi. Je me suis demandé si je pouvais être capable d'exploiter et de contrôler un pouvoir aussi puissant. Je n'avais aucune idée des pouvoirs destructeurs que j'aurais contre Eurynomos. Tout ce que je savais, c'est qu'il y a des siècles, la Déesse de la Lune l'avait vaincu. La légende ne disait pas comment. J'aurais aimé pouvoir lui parler pour pouvoir lui demander. Mais elle ne me parlait que lorsqu'elle le jugeait nécessaire. Je ne pouvais pas engager la conversation. J'aurais aimé pouvoir lui demander conseil.

Je me suis levée. Tout mon corps me faisait mal. J'avais l'impression que j'allais m'effondrer à tout moment. J'avais l'impression que mes poumons

brûlaient. Mais je ne voulais pas m'arrêter maintenant.

J'ai fixé Iain d'un regard déterminé.

« Ok, on recommence. »

Je me préparais et me concentrais. Iain a
commencé à rire.

« Oh, non ! Nous en avons fini pour aujour-
d'hui, ma jeune dame. »

Je suis resté bouche bée. « Quoi ? Pourquoi
? »

Il a secoué la tête. « Tu ne sens pas que tu
es fatiguée ? Tu ne vois pas que tu t'es déjà assez
poussé ? »

J'ai protesté, « Mais... »

Iain a balayé mes protestations d'un revers
de main.

« Je ne veux pas entendre d'excuses. Ton
corps va s'effondrer si tu continues à pousser. »

Il a ajouté en souriant : « De plus, j'ai ren-
dez-vous avec une gentille dame elfe ce soir. Je ne
voudrais pas être en retard. »

« Quoi ? Mais tu ne peux pas aller à un ren-
dez-vous quand on a un démon à vaincre. »

« Allons, allons. Je ne l'ai pas encore rencontrée. Elle pourrait ne pas être un démon. » Il a ri
de sa propre blague.

Je me suis sentie si frustrée. Je voulais
m'entraîner davantage, mais il était évident que
nous avions terminé pour aujourd'hui.

« Nous nous entraînerons demain. En attendant, tu devrais te reposer. Tu as besoin de reprendre des forces. »

J'ai soupiré, « Ok, merci Iain. Tu as été
d'une grande aide ! »

Il a souri. « A demain, Bianca. »

Ce n'est que lorsque j'ai descendu les escaliers que j'ai vraiment compris à quel point mon corps était fatigué. Il m'a fallu toute ma force pour ne pas m'effondrer dans les marches. Au moment où j'arrivais au dernier étage, la porte d'entrée s'est ouverte et Blake est entré. Ses cheveux noirs étaient attachés en un chignon bas. J'ai été surprise, car il les portait habituellement détachés. Il avait un grand sourire.

Je lui ai demandé, « Salut Blake ! Qu'est-ce qui te rend si heureux ? »

Il a levé un sourcil et a souri. « Je ne sais pas. Je suppose que je suis juste de bonne humeur. »

J'ai marché vers lui, mais j'ai failli tomber par terre. Il m'a attrapé avant que je ne touche le sol.

« Heureusement que je suis venu voir comment tu allais. »

J'ai grimacé. « Je suppose que j'en ai trop fait. »

Il a ri de ma déclaration.

« C'est une façon de voir les choses. Allons-y. Allons voir si les autres s'en viennent. »

Nous sommes sortis de la guilde magique et avons trouvé Arius et Elashor qui nous faisaient signe, marchant main dans la main. Ils avaient l'air vraiment heureux ensemble. J'étais si heureuse qu'Arius ait eu une seconde chance en amour. Il méritait d'être heureux après tout ce que son père lui a fait subir. J'ai souri quand, plus loin derrière, j'ai vu Zach et Steven avoir une conversation animée. Leurs mains étaient pleines de sacs. Nous avons attendu qu'ils nous rejoignent.

Le visage de Steven a changé quand il a vu que Blake me soutenait.

« Bianca ! Est-ce que tu vas bien ? »

Il s'est précipité vers moi, laissant ses sacs sur le sol. Blake m'a lâché, et je suis tombé dans les bras de Steven.

« Je vais bien », j'ai chuchoté dans son cou. « J'ai juste un peu exagéré. »

Il a roulé les yeux. « Ouais, c'est ça. Tu *en as un peu trop fait*. Ne te tue pas à t'entraîner ! »

Je lui ai souri. J'étais si heureuse qu'il se soucie de moi autant qu'il le faisait.

Zach a souri. « Nous avons quelque chose de parfait pour toi ! »

Je l'ai regardé avec des yeux interrogateurs.

« Nous sommes allés chez le forgeron, l'armurier et le magasin de fournitures magiques. Oh Bianca, tu aurais adoré ! La boutique s'appelait Dragonborn. »

« C'est un nom génial pour un magasin ! » a ajouté Steven.

J'ai rigolé. Steven avait l'air d'un enfant. Je pensais qu'il avait l'air si mignon. Je me suis demandé si nos enfants lui ressembleraient quand nous en aurions. Steven a souri lorsqu'il a entendu ma pensée.

Il a répondu dans mes pensées, « Je suis impatient de le découvrir. »

J'ai rougi, puis j'ai parlé à voix haute à Zach. « Eh bien, on dirait que vous vous êtes amusés pendant que je travaillais dur. Donc, qu'est-ce qui est parfait pour moi, alors ? »

Steven a souri. « Moi ! Bien sûr ! »

J'ai ri de bon cœur. « Je le savais déjà, ça! »

Zach a souri. « Nous avons trouvé une jolie robe de mage quand nous étions au Dragonborn. Je ne sais pas exactement ce qu'elle fait, mais nous avons pensé qu'elle serait parfaite pour toi. »

« Ça, et le fait que la robe est bleu poudre, et va probablement épouser parfaitement tes courbes. » Les yeux de Steven avaient une étincelle sensuelle.

« Ok, ok. Prenez une chambre vous deux », dit Arius.

« Ah oui! La reine n'a-t-elle pas dit que nous aurions des chambres disponibles au château ? » demanda Elashor.

« C'est vrai ! » dit soudainement Blake, comme s'il venait de se souvenir de quelque chose. « Nous sommes invités à manger avec le roi et la reine ce soir. Et oui, des chambres ont été mises à disposition pour nous tous. »

Je me suis exclamé : « C'est sympa ! »

« Es-tu allé au palais cet après-midi ? » a demandé Arius. Blake sourit et acquiesça.

Nous avons tous commencé à marcher vers le palais. Alors que nous marchions, une créature a volé au-dessus de nos têtes. Elle était énorme et laissait une grande ombre sur le sol. Elle avait d'énormes ailes de chauve-souris. Elle était grise et osseuse. Je n'avais jamais rien vu de tel.

« Qu'est-ce que c'est que ça ? » a demandé Elashor.

« Plus important, est-ce que c'est Will sur le dos de la créature ? » a demandé Blake.

J'ai regardé avec horreur, et bien sûr, je pouvais voir Will sur le dos de la créature.

« Will ! » J'ai essayé de crier son nom, mais il ne m'entendait pas.

« C'est inutile. Il ne nous entendra pas. Il est beaucoup trop haut », a dit Steven.

« Où va-t-il ? » a demandé Elashor.

On a regardé la créature qui volait vers le sud. « La seule chose que je connais au sud d'ici, ce sont les montagnes de Nokorath. » Dit Zach.

« Tu connais cet endroit ? » a demandé Arius.

« Oui, j'ai entendu des gens de la ville en parler pendant qu'on faisait du shopping », a répondu Zach. « Je n'ai aucune idée de ce qu'il y a là-bas, cependant. »

J'ai regardé Will voler sur la créature, un sentiment sombre s'insinuant dans mon cœur.

J'ai murmuré : « Ça ressemble à un problème. »

Tout le monde acquiesça en silence. « Eh bien, je pense que je vais sauter le souper et me rendre directement à Nokorath, », a déclaré Zach.

« Je viens aussi », a ajouté Arius, avec un visage sérieux.

« Et moi aussi », a ajouté Elashor avec un clin d'œil, avant d'ajouter : « Il est hors de question que je vous laisse avoir tout le plaisir sans moi. »

« Bien, alors c'est décidé. Prenons une collation rapide, puis partons vers la montagne sur nos chevaux. »

J'ai protesté : « Hé ! Je veux y aller aussi. »

« Tu peux à peine te tenir debout toute seule », a répondu Steven doucement. Je savais qu'il avait raison, mais je me sentais toujours coupable du fait que l'âme sœur de Will avait été tuée.

« Et tu dois être de retour à la guilde magique demain matin pour continuer ta formation », a déclaré Blake, avant d'ajouter : « Retournons au palais. Nous ne voudrions pas faire attendre le roi et la reine. »

À contrecœur, j'ai hoché la tête et je les ai suivis jusqu'au palais. Mes jambes étaient trop faibles pour essayer d'aller à l'encontre de leurs conseils. J'étais essentiellement traînée par Steven. Je savais que mon compagnon ne me laisserait pas faire quelque chose d'aussi imprudent, de toute façon. Il savait dans quel état j'étais.

Il a parlé dans mon esprit : « Oh que oui ! Je ne quitterai pas tes côtés jusqu'à ce que tu ailles mieux. »
Ses mots étaient gentils, mais je pouvais sentir la détermination de son loup. Il irait jusqu'au bout du monde pour moi.

Je lui ai répondu mentalement, « Merci, mon amour. »

J'ai immédiatement senti son loup se détendre à ces mots.

Quand nous sommes arrivés au palais, Zach a regardé Blake. « S'il te plaît, explique au roi et à la reine que nous ne pouvons pas être là pour le souper. Nous allons prendre un repas à la cuisine avant de partir à cheval. » Blake a acquiescé. Je les ai pris dans mes bras et leur ai souhaité bonne chance.

Quand nous sommes entrés dans le palais, Blake est parti parler avec le roi et la reine. Un serviteur nous a montré notre chambre.

J'étais stupéfaite quand je suis entrée dans notre chambre. Il y avait un grand lit sur le mur du fond, et devant lui, une cheminée. Des poutres en bois décoraient le plafond. Le sol était carrelé avec différentes sortes de marbre et de pierres, formant un motif élégant. Dans l'un des coins, il y avait une petite table avec deux chaises.

Je me suis laissée tomber sur le lit, épuisée.

« Pourquoi ne prends-tu pas un bain relaxant ? » a proposé Steven. « Je suis sûr que tu te sentiras mieux. »

Chaque muscle de mon corps était douloureux.

« Ça semble être une bonne idée. »

Steven a souri, son loup ronronnant doucement. « Je vais préparer le bain pour toi, mon amour. »

Il a déposé un baiser sur mes lèvres avant d'aller dans la salle de bain.

Il est revenu quelques secondes plus tard. « L'eau coule, et j'ai ajouté quelques herbes à l'eau. Cela devrait t'aider à te détendre et à te sentir mieux. »

Ses bras puissants m'ont enveloppée, et mon corps s'est immédiatement détendu. J'ai pris une profonde respiration de son odeur masculine. Il a embrassé mon cou doucement.

« On devrait probablement aller au bain », ai-je chuchoté.

Il a souri et m'a soulevé dans ses bras. Je me suis accrochée à ses épaules pendant qu'il m'emmenait dans la salle de bain.

J'ai été surpris par la taille de la baignoire. Elle était probablement assez grande pour trois ou quatre personnes. Je suppose que c'est l'un des avantages de vivre dans un château. Il faudra que je me souvienne de comparer les baignoires du château des vampires.

« J'aimerais beaucoup visiter avec toi les bains du château de ta sœur », m'a répondu une voix rauque dans ma tête.

J'ai souri lorsque Steven m'a doucement déposé sur le sol. La baignoire était déjà plus qu'à moitié pleine. La pièce entière sentait les fleurs.

J'ai lentement enlevé mes vêtements. Les yeux de Steven dévoraient mon corps pendant que je le faisais. Je pouvais sentir son désir à travers notre lien d'âmes sœurs. J'aimais le pouvoir que mon corps avait sur lui. Comment ce puissant loup pouvait s'agenouiller pour moi.

J'ai gémi lorsque mon corps est entré dans l'eau chaude. Je me suis immédiatement sentie revigorée.
J'ai entendu des vêtements tomber sur le sol derrière moi. Je me suis retournée pour voir Steven nu.

Il a demandé en souriant : « Je peux me joindre à toi ? »

Je l'ai taquiné, « On dirait que tu as déjà décidé. »

Il a ri et a expliqué : « Je ne pensais pas que tu t'y opposerais. »

J'ai souri et levé un sourcil. « Et si je le faisais ? »

Il a gloussé faiblement. « Regarde-moi
dans les yeux et dis-moi sérieusement que tu ne
veux pas que je sois dans le bain avec toi. »

« Tu sais bien que je le veux. » Il a souri et
est venu me rejoindre dans l'eau.

Steven a commencé à me laver le corps, en
caressant doucement ma peau. Des frissons parcouraient mon corps lorsqu'il embrassait chaque centimètre de ma peau. J'adorais comme cet homme fort
pouvait prendre soin de moi avec tant de douceur.
L'épuisement que je ressentais plus tôt avait disparu. Mon corps aspirait maintenant à se rapprocher
du corps dur et musclé de Steven. De m'adapter à
son corps comme seul mon corps pouvait le faire, si
parfaitement fait l'un pour l'autre, dans un bonheur
d'amour et de plaisir. Je l'ai embrassé langoureuse-
ment, l'attirant plus près de moi.
Un gémissement s'est échappé de ma bouche lorsque mes mamelons ont effleuré sa poitrine. Son
loup a grogné de désir à travers sa poitrine. Je savais
à quel point il aimait ça. Je pouvais déjà sentir son
érection se former dans l'eau entre nous.

« Oh, ma chérie ! Tu es sûre que tu peux
supporter ça ? Tu étais plutôt épuisée tout à
l'heure. » J'aimais le fait qu'il s'inquiète pour moi.
J'ai hoché la tête, un sourire sensuel sur le visage.

« Bon sang, j'adore ton sourire sexy ! » Ses
mots ont roulé sur mes seins alors qu'il les léchait
avec faim. Ses doigts adoraient chaque centimètre
de mon corps. Je n'ai pas pu retenir un gémissement
quand il a commencé à jouer avec mon clitoris. J'ai

commencé à me déhancher, ma chatte était humide malgré le fait d'être dans le bain. Il a continué à frotter mon clito, le plaisir montait en moi.

Je l'ai supplié, « Oh, Steven ! Prends-moi ! »

« Pas avant que tu jouisses pour moi, mon amour. »

Il a attrapé mes hanches avec son autre main, me maintenant en place pendant qu'il frottait ma chatte de manière experte. J'ai arqué mon dos, gémissant bruyamment quand j'ai atteint l'extase.

Ses yeux brillaient d'excitation. « Tu es si belle ! »

Il a inséré son doigt dans mon ouverture, me faisant gémir.

« Putain, Steven ! J'ai joui, prends-moi. »

« Tourne-toi » a-t-il ordonné.

Sa voix était pleine d'autorité. Je savais que ça venait de son loup. J'aimais quand son loup prenait le meilleur de lui et prenait le contrôle. Je me suis retournée, agenouillée dans la baignoire, tenant le bord de celle-ci.

« Maintenant, jouis encore pour moi, mon amour », a-t-il ordonné en me pénétrant.

J'ai gémi à la sensation de sa bite dure qui me remplissait. Il a commencé à se déhancher, des vagues se formant dans la baignoire tandis que nous faisions l'amour. L'eau se répandait sur le sol, mais je ne m'en souciais pas. Mon corps frémissait de plaisir tandis que Steven me pénétrait un nombre incalculable de fois. Il a continué à le faire, le souffle chaud de ses gémissements soufflant sur mon cou. Je me sentais serrée autour de lui alors qu'il s'enfonçait plus profondément. Je n'ai pas pu me retenir, j'ai crié son nom alors que je jouissais, mes murs pulsant autour de lui. Il a gémi fort en jouissant quelques secondes plus tard.

« Bonne fille », a-t-il chuchoté à mon oreille en léchant mon lobe.

J'ai gloussé doucement.

« Hum, j'adore quand tu prends le contrôle comme ça, Steven. »

Il a embrassé mon cou jusqu'à mon épaule, ses dents grattant légèrement ma peau.

« Je sais », a-t-il ronronné.

Au fond de sa poitrine, je pouvais sentir un profond grondement venant de son loup, un ronronnement de satisfaction. Je suis restée dans ses bras un moment, me prélassant dans ce moment de perfection.

« Je n'arrive pas à croire à quel point je t'aime », a-t-il chuchoté à mon oreille. « Aucun mot ne pourra jamais exprimer ce que je ressens pour toi. »

J'ai souri à ses mots. « Je serai toujours à toi », lui ai-je chuchoté.

Il a murmuré en retour, « Comme je suis aussi à toi. »

J'ai embrassé ses lèvres délicieuses, le goûtant à nouveau, car je ne pourrais jamais avoir assez de lui.

Ce n'est que lorsque nous avons décidé de sortir de la baignoire que j'ai réalisé la quantité d'eau qui s'était répandue sur le sol.

Je me suis exclamé : « Oh, mon Dieu ! On ferait mieux d'essuyer ça. »

Steven a ri. « Tu es si parfaite pour moi, mon amour. Va te reposer sur le lit. Je vais nettoyer tout ça. »

J'étais heureuse de laisser Steven éponger l'eau. Même si je me sentais plus énergique qu'avant, j'étais encore fatiguée.

Alors que j'attendais que Steven me rejoigne, on a frappé à la porte. J'étais encore nue et je n'aurais pas le temps de m'habiller. Je savais que la porte était verrouillée.

J'ai crié : « Oui ? »

Un raclement de gorge de l'autre côté de la porte. « Madame, le dîner sera bientôt servi. Le roi et la reine attendent que vous les rejoigniez dans la salle à manger. »

Je n'avais pas réalisé le temps qui s'était écoulé depuis notre arrivée. Je devais me préparer, et vite.

J'ai répondu, « Merci ! Nous allons nous joindre à vous sous peu. »

J'ai attendu que le domestique réponde à quelque chose, mais aucun son ne venait de la porte, ce qui signifie qu'il était probablement parti.

Steven est finalement sorti de la salle de bain. « Steven ! Nous devons aller à la salle à manger ! »

Il m'a fait un sourire en coin. « Tu as l'intention d'y aller comme ça ? »

J'ai ri à sa blague. « Bien sûr que non ! Mais on ferait mieux de se préparer ! »

Il a éclaté de rire. Il aimait faire des blagues stupides comme ça, et il savait que j'aimais ça aussi. Il a déposé un baiser sur mes lèvres et a attrapé la robe qu'il avait achetée en faisant du shopping cet après-midi.

« Pourquoi ne mets-tu pas ça ? Je suis sûr que tu seras superbe. »

J'ai regardé la robe bleu poudre. Elle brillait sous la lumière et je pouvais définitivement sentir la magie qui s'en dégageait. J'avais peur qu'elle soit trop serrée, mais elle m'allait parfaitement. On aurait dit qu'elle avait été faite spécialement pour moi. En l'enfilant, je me suis instantanément sentie rafraîchie. Je pouvais sentir la magie couler en moi. Je ne savais pas quels pouvoirs la robe détenait, mais c'était une bénédiction.

J'ai attaché mes cheveux, libérant mes épaules, laissant quelques mèches libres. J'ai tourné ma tête vers le sifflet de Steven.

« Wow ! Tu es encore plus belle que je ne l'imaginais. »

J'ai souri au commentaire de Steven. Puis je l'ai regardé, de la tête aux pieds. Il s'était changé dans un pantalon noir formel avec une chemise blanche classique. La chemise était un peu serrée sur sa poitrine musclée, et je pensais qu'il était sexy.

Je lui ai fait un clin d'oeil. « Tu n'as pas l'air trop mal non plus, loup. »

J'aimais le taquiner en l'appelant comme ça. Son loup a ronronné doucement en me regardant.

« Pourquoi ne pas aller à la salle à manger, avant que je ne te dévore... Et cette fois, j'utiliserai ma bouche », taquina Steven.

J'ai pris une grande inspiration. « Eh bien, dit comme ça, je ne suis plus certaine de vouloir y aller. »

Il a ri de ma déclaration et m'a tiré vers la porte. « Je pense que nous ferions mieux de rejoindre le roi et la reine. »

Il a fait un clin d'oeil et j'ai gloussé. « Oui, je pense que tu as raison. »

Chapitre 9 (Blake)

Fleur ardente

J'ai quitté la salle du trône et me suis rendu directement dans les quartiers des domestiques. Mon cœur battait la chamade. J'étais impatient de la voir. Je n'arrivais toujours pas à croire à quel point cette femme m'affectait. Maintenant que j'avais trouvé ma compagne, je ne la laisserais pas partir. Je trouverais un moyen de lui faire voir à quel point elle était parfaite. Je prendrais le temps de découvrir ce qu'elle ressentait pour moi. Elle semblait si timide. Elle s'était construit une carapace pour se protéger de ses souvenirs douloureux. J'avais réussi à en apprendre un peu plus sur le passé de sa race. Je devais me rappeler d'aller lire à ce sujet, ou de la convaincre de m'en dire plus. Mon cœur s'est serré lorsqu'elle a dit que sa famille avait été tuée lorsqu'elle était enfant. Cela a dû être très dur ! Pas étonnant qu'elle se soit cachée dans sa coquille. J'espérais seulement être capable de l'en faire sortir.

La cuisine était plus occupée que jamais quand je suis entré. Tout sentait si bon. Scalanis a tressailli en me voyant. Bien. Vu la façon dont ce salaud lui parlait tout à l'heure, je n'aurais pas hésité à mettre ma menace à exécution. Toute ma colère a disparu quand je l'ai vue. Elle portait un tablier pardessus son pantalon noir. Elle portait un chemisier blanc par-dessus. Elle n'avait besoin d'aucun bijou pour être magnifique. Je me suis approché d'elle, Scalanis s'écartant de mon chemin alors que j'avançais dans la cuisine.

Elle faisait cuire de la sauce brune dans une marmite. Je me tenais derrière elle. Je n'étais pas sûr de ce que je devais dire. Je ne voulais pas l'effrayer. Au moment où j'allais dire quelque chose, elle s'est retournée. Elle a poussé un cri et a laissé tomber sa spatule en bois en me voyant. Je me suis retenu de rire, mais je n'ai pas pu cacher mon sourire. Elle a mis une main sur sa poitrine, puis a souri quand elle a réalisé que c'était moi.

« Ne me fais pas peur comme ça ! »

J'ai gloussé alors qu'elle ramassait la spatule tombée.

« Désolé, je ne voulais pas. J'essayais de dire quelque chose, mais tu t'es retourné avant que je puisse le faire. »

Elle a jeté un coup d'oeil nerveux derrière moi, regardant Scalanis. Un grognement s'est échappé de ma poitrine. Cet homme avait besoin de rester à terre.

« Qu'est-ce que tu fais ici ? » a-t-elle chuchoté.

« J'avais besoin de te le dire », lui ai-je dit avec joie. « Je vais pouvoir goûter à ta nourriture. Je vais dîner avec le roi et la reine ce soir. »

Elle a rougi à ma déclaration.

« Oh, vraiment ? » Elle semblait perdue dans ses pensées.

« Hé, ne t'inquiète pas. Je suis sûr que ça aura le même goût que toi. »

Ses yeux sont devenus grands. C'est là que j'ai réalisé ce que je venais de dire.

« Quoi ? »

J'ai frotté l'arrière de ma tête. « Je... ce n'est pas ce que je voulais dire. Désolé », je lui ai dit en m'excusant. « Je voulais dire que je suis sûr que tu fais de la bonne cuisine. »

Son sourire ressemblait au plus précieux des trésors sur lequel je pouvais poser les yeux. Quand elle souriait, le bijou jaune enchâssé dans sa poitrine brillait. Je me demandais ce que c'était. Je suppose que je devrais lui demander, éventuellement.

J'ai grogné quand Scalanis s'est éclairci la gorge derrière moi.

Eshenesra a chuchoté, « Tu ne peux pas rester ici. Nous devons préparer le reste du banquet. »

J'ai hoché la tête. « Ok, on se voit plus tard, alors. »

J'ai regardé Scalanis en sortant de la cuisine. Il n'a pas osé me dire quoi que ce soit.

Je suis allé dans ma chambre et je me suis changé en pantalon noir formel. Ce n'est pas tous les jours que l'on peut manger à la même table qu'un roi et une reine. Je n'avais pas de chemise de cérémonie, alors le majordome m'a laissé en emprunter une dans la garde-robe royale. J'en ai trouvé une bleu foncé qui m'allait bien. J'ai attaché mes cheveux proprement. J'ai été surpris lorsque je me suis regardé dans le miroir. J'ai souri à mon reflet ; je ne savais pas que je pouvais être aussi beau.

Le souper a eu lieu dans la salle de banquet. C'était une pièce très longue. Des vitraux laissaient entrer la lumière du soleil, et des lustres éclairaient encore plus la pièce. Les murs étaient en pierre. Sur un côté se trouvait une grande cheminée, qui chauffait la pièce. Il y avait une petite scène près de la cheminée. Un barde jouait de la guitare et chantait une chanson sur des aventuriers.

« Oyez, oyez, le pays de Tanur et ses marchands d'épices ! Pour l'amiral Cilistinu, Valentina, Vernu le mystérieux chef royal, et l'expert en armes royales Alessandro, nous allons parcourir les flottes, visiter des îles exotiques, combattre des bêtes légendaires, et consommer la nourriture la plus merveilleuse. »

À côté de la scène se trouvait une piste de danse. Elle était vide pour l'instant, mais elle se remplirait sûrement après le souper. Il y avait cinq longues tables alignées ensemble pour former une très longue table. Des nappes bleu clair brodées de fils d'or recouvraient les tables. Des bougies, des assiettes de nourriture et des centres de table étaient alignés sur les tables. Le roi et la reine étaient assis à un bout de la table. J'ai eu la chance d'être assis à leurs côtés, ainsi que Steven et Bianca. Nous étions les invités d'honneur.

Bianca et Steven étaient déjà là quand je suis arrivé. Bianca portait une robe éblouissante. Je pense que c'est la robe que Zach et Steven lui ont achetée quand ils ont fait du shopping. J'étais heureux quand Zach m'a remis une armure de poignet en cuir. Elle était renforcée et enchantée pour me donner une plus grande vitesse d'attaque. J'avais hâte de voir ce que cela donnerait lors d'un combat.

Le barde s'est soudainement arrêté de chanter, s'est levé, a pris une profonde inspiration et a crié : « *Que chacun prenne un siège, le souper sera servi !* »

J'étais stupéfait par la taille du barde ! Il faisait au moins trois têtes de plus que tout le monde ! Je me suis demandé s'il ne venait pas d'une autre région du pays pour parler comme ça. Il avait bien des oreilles d'elfe, mais sa stature était plus imposante que celle des elfes.

« Tout le monde est impressionné la première fois qu'il le voit. »

Je me suis retourné pour voir le roi qui me souriait. Je me suis exclamé : « Et moi qui pensais que j'étais grand ! »

Alluin a souri à ma remarque. « Il s'appelle Adren. C'est un fir bolg. »

« Un fir bolg ? »

« Oui, de la race des géants. »

La race des géants ? J'avais entendu des légendes à leur sujet. « Je pensais qu'ils vivaient très loin. »

« Habituellement c'est le cas. Mais celui-ci a rencontré une femme elfe il y a quelques années. Ils sont tombés amoureux. Il a décidé de vivre en ville avec sa femme. Depuis, il est le barde du château, tandis que sa femme s'occupe de leurs enfants. »

J'ai regardé Adren. On voyait à quel point il aimait la musique à la façon dont il maniait ses instruments. D'autres musiciens l'ont rejoint sur la scène, et ils ont commencé à jouer une douce mélodie, tandis que les domestiques apportaient les assiettes à la table.

Elle était là, ma douce Eshenesra. Même avec son tablier de servante, je la trouvais plus jolie qu'une reine portant la plus précieuse des robes. Je pouvais sentir son cœur battre plus vite alors qu'elle s'approchait de moi. Elle m'a frôlé en posant mon assiette devant moi. Ce contact m'a donné envie d'en avoir plus.

Je lui ai souri. « Merci. »

Elle a rougi et a continué ses tâches. C'était dommage que je ne puisse pas manger en sa compagnie. Néanmoins, j'ai soupé tout en parlant avec le roi, la reine, Steven et Bianca. La nourriture était délicieuse. Tout le monde passait un bon moment. Un peu plus loin, j'ai reconnu Iain, le grand mage de la guilde. Il était assis à une table avec une belle jeune elfe. Il semblait apprécier sa compagnie. Elle semblait aussi passer un bon moment.

Après le dîner, les gens ont commencé à danser au son de la musique du barde. Bianca et Steven ont continué à parler avec le roi et la reine. J'ai pensé à Zach, Arius, et Elashor. Ils étaient partis depuis quelques heures maintenant. Je me suis demandé s'ils étaient déjà à Nokorath. Est-ce qu'ils allaient bien ? Pourquoi Will allait-il là-bas ? Et quelle était cette créature sur laquelle il volait ? J'avais un mauvais pressentiment. J'espérais seulement qu'ils lui feraient entendre raison et le ramèneraient ici sain et sauf.

Mes inquiétudes ont été oubliées lorsque j'ai vu Eshenesra se tenant seule dans un coin de la pièce. Ses cheveux ardents contrastaient avec sa chemise blanche de servante. Je ne pouvais pas voir le bijou sur sa poitrine avec cette tenue, mais je me suis demandé s'il brillait, comme plus tôt. Elle fixait le sol. Elle ne m'a même pas remarqué lorsque je suis arrivé à ses côtés. Le barde et les musiciens jouaient de la musique entraînante et les gens dansaient.

« Voulez-vous m'accorder cette danse ? »

Elle a été surprise par le son de ma voix. « Blake ! » Elle a souri. Je lui ai offert mon bras.

« Mais... Je n'ai même pas de robe. Je suis en tablier. » J'ai pris une grande inspiration.

Sûrement, elle ne comprenait pas l'effet qu'elle avait sur moi.

« Eshenesra, tu es la plus belle, la plus adorable, la plus tendre et la plus belle personne que j'ai jamais connue... Et même cela est un euphémisme. »

Elle était sans voix. Elle me fixait, ne sachant que dire, une seule larme coulant sur sa joue. « Ce serait un honneur si tu acceptais de danser avec moi. »

Elle m'a fixé de ses yeux dorés, mettant le feu à mon âme. Mon cœur a sauté un battement quand elle a hoché la tête et attrapé mon bras.

Nous avons dansé sur la chanson, nos corps bougeant ensemble. Ses cheveux flottaient alors que je la faisais tourner, une fleur ardente avec une attraction magnétique. Elle m'attirait, capturant mon âme dans ses yeux flamboyants. Je suis sûr que chaque femme ce soir souhaitait être éblouissante et briller autant qu'elle.

Je l'ai gardée près de moi, aspirant à sa peau et à son contact. J'avais envie d'elle. Mes instincts vampiriques devenaient insistants. L'odeur de sa peau m'enivrait. J'ai combattu mes instincts. Le fait que nous soyons dans une pièce entourée de gens m'a beaucoup aidé.

Après quelques chansons, elle s'est soudainement arrêtée de danser. Elle a chuchoté, « Je suis désolée, Blake. »

« Qu'est-ce qu'il y a ? »

Je ne comprenais pas pourquoi elle s'excu-
sait si soudainement.

« Je dois y aller. »

Mon cœur s'est effondré à ces mots.

« S'il te plaît, reste un peu plus longtemps. »

Ses yeux étaient tristes, et sa voix tremblait
quand elle a répondu : « Je ne peux pas. »

J'ai essayé de garder sa main dans la
mienne, mais elle m'a échappé. Je n'ai même pas eu
le temps de lui dire ce que je ressentais, ni d'essayer
de l'embrasser. Elle est partie si vite, je n'ai pas vu
où elle est allée. Autour de moi, la musique jouait
toujours, et les gens dansaient toujours.

Je ne comprenais pas ce qui se passait.
Avais-je fait quelque chose de mal ? Je devrais lui
demander la prochaine fois que je la verrai.

Je suis retourné à la table, où Iain était
maintenant en train de parler avec le roi. J'ai jeté un
coup d'oeil dans la salle pour voir Bianca et Steven
danser. J'ai bu ma coupe de vin de sang, me demandant toujours ce qui a poussé Eshenesra à partir si
vite.

Une voix mélodieuse m'a sorti de mes pensées : « Vous passez une belle soirée? »

J'ai souri à Solandra.

« Oui, ma reine. »

« Vous sembliez perdu dans vos pensées. »

Je lui ai fait un signe de tête. « Je suppose
que oui. »

« Voulez-vous m'accorder la prochaine
danse ? » m'a-t-elle demandé.

J'ai été surpris par sa demande.

« Le roi sera-t-il d'accord pour que je danse avec vous ? »

Elle a souri. « Je crains que mon mari ne soit très occupé par ses conversations animées avec votre ami. J'ai l'habitude de danser avec les nobles lors de nos banquets, mais il semble qu'aucun d'entre eux ne m'ait invitée ce soir. »

Sûrement, je ne pouvais pas dire non à la reine. Tant que le roi n'y voyait pas d'inconvénients, je pouvais lui accorder une danse.

J'ai fait une petite révérence. « Ce serait un plaisir pour moi. »

La reine m'a pris le bras, et nous avons marché jusqu'au centre de la piste de danse. Les gens se sont pressés sur les côtés, faisant de la place pour nous, et les musiciens ont commencé à jouer une valse. Heureusement, je savais comment danser, l'ayant appris des centaines d'années auparavant. La reine a dansé gracieusement, son corps glissant presque dans les airs alors que je menais la valse. Danser avec la reine était agréable, et elle sentait comme une fleur délicate. Mais c'était de la pure politesse. Après que la musique se soit arrêtée, elle a fait une petite révérence, je me suis incliné, et nous sommes partis chacun de notre côté. La musique a recommencé, et les gens ont rempli la piste de danse.

Il n'y avait aucune raison que je reste ici. Eshenesra était parti depuis longtemps. Nous avions une grosse journée devant nous demain. J'ai décidé de me retirer dans ma chambre.

Alors que je me frayais un chemin dans les couloirs déserts, j'ai entendu les cris de quelqu'un.

J'ai suivi le son. Il devenait plus fort au fur et à mesure que je me rapprochais. Ma poitrine s'est resserrée lorsque j'ai senti le parfum d'Eshenesra. J'ai marché plus vite, en suivant toujours le son des pleurs. Le bruit m'a conduit à une petite pièce. La porte était légèrement ouverte. Mon cœur s'est arrêté lorsque ma crainte s'est confirmée : c'était la chambre d'Eshenesra. Je pouvais la voir assise sur son lit, en train de pleurer. Je n'ai pas pu m'en empêcher et je suis entré dans la pièce.

************ PDV d'Eshenesra ************

Mon corps était douloureux. Je ne pouvais retenir les larmes qui coulaient sur mes joues. Il était tellement en colère contre moi. Rien ne pouvait l'arrêter.

J'ai levé la tête au son de quelqu'un qui marchait, j'avais peur qu'il soit de retour. Il n'était pas de retour. C'était Blake. La chaleur a rempli mon cœur à sa vue, mais aussi la honte. Je ne voulais pas qu'il me voie comme ça. Que penserait-il de moi ?

J'ai tiré mon châle sur mes épaules.

Il a demandé d'une voix douce, « Qu'est-ce qui se passe ? »

Les pensées de Scalanis me frappant encore et encore me remplissaient. Même après l'avoir supplié d'arrêter. Tout ce à quoi je pouvais penser était de protéger mes yeux avec mes mains. La douleur, laissant des bleus sur mon corps, jusqu'à ce que je me sente engourdie. Je n'avais aucune idée de ce que j'avais fait pour le mettre autant en colère. On aurait dit que ses yeux allaient sortir de sa tête. Je n'avais jamais vu une telle fureur. Il n'arrêtait pas de me demander « Pourquoi ? Sale pute ! » Mais je n'avais aucune idée de ce qu'il voulait dire. Au moins, d'habitude, il faisait attention à ne pas laisser de marque. Cette fois, il s'est défoulé avec tout ce qu'il avait.

J'ai regardé les yeux sombres de Blake. Il attendait une réponse. Je n'osais pas lui dire ce qui s'était passé. Je me sentais si honteuse.

Les gens sont passés dans le couloir, jetant un coup d'œil à l'intérieur de la pièce.

Blake a froncé les sourcils.

« Cette pièce n'est pas assez bien pour toi. Tout le monde peut tout voir et tout entendre. Viens dans ma chambre, tu seras mieux. »

Il m'a tendu la main. M'invitait-il vraiment dans sa chambre ? Il avait l'une des plus belles chambres d'invités du château. Le seul moment où j'étais autorisé à entrer dans une chambre comme celle-là était pour la nettoyer.
Sa voix était douce.

« Viens-tu avec moi ? »

Je ne pouvais pas croire à quel point il était gentil avec moi. Il était l'opposé de Scalanis.

Mon cœur battait la chamade quand il était proche. Pourtant, j'avais peur d'être blessée si je me laissais tomber pour lui.

J'ai attrapé sa main et je l'ai suivi dans les couloirs jusqu'à sa chambre. La douleur de chaque pas me rappelait que mon corps était meurtri en de nombreux endroits. Heureusement, le châle sur mes épaules cachait mes bras, les dissimulant à Blake.

Blake marchait lentement, suivant mon rythme, me conduisant doucement vers sa chambre.

J'étais émerveillé par la chambre de Blake. Elle était si belle ! Je rêvais du jour où je pourrais avoir une si belle chambre avec un grand lit confortable. Ma chambre de domestique était si petite comparée à celle-ci. La chambre avait même une salle de bain complète attenante. Je me sentirais comme une princesse si j'avais une telle chambre.

La vie était si cruelle. D'être née elfe noire, méprisé par les autres races. J'espérais seulement pouvoir un jour vivre une vie normale, par moi-même, dans la ville. Je ne voulais pas avoir recours au marché noir, comme tant d'autres elfes noirs. Exécuter les tâches dégoûtantes que les autres races donnaient. Les pires travaux que personne d'autre ne voulait faire. Empoisonner les gens, tuer des innocents, kidnapper des enfants, voler des bijoux de famille... La liste était longue. Travailler au château était au moins un travail digne, malgré ce que Scalanis me faisait subir.

La voix de Blake était douce. « Pourquoi pleurais-tu ? »
Je ne pourrais jamais lui dire la vérité. Je ne savais pas ce qu'il ferait si je le faisais. J'avais peur de sa réaction.

« On m'a crié après, parce que j'ai dansé avec toi. »
Je ne comprenais pas pourquoi Scalanis était si en colère, mais au moins je comprenais que c'était lié au fait que j'avais dansé avec Blake. J'ai

sursauté quand un grognement menaçant s'est échappé de la poitrine de Blake. Je pouvais voir la colère dans ses yeux. J'ai reculé de quelques centimètres, effrayée par ce qu'il pourrait faire. En voyant ma réaction, le visage de Blake s'est détendu.

« Je suis désolé. Je ne voulais pas te faire peur. Je ne te ferais jamais de mal. »

Je laisse échapper un souffle à ces mots, mon rythme cardiaque revenant à la normale.

« Je ne comprends pas pourquoi on te crie dessus pour avoir dansé avec moi. Je suis vraiment désolée. Je ne voudrais pas que quelqu'un soit méchant avec toi à cause de moi. »

Il a attrapé mes mains et m'a doucement rapproché de lui. Malgré sa douceur, j'ai pleuré doucement à cause de la douleur dans mes bras. Mon châle est tombé de mes épaules sur le lit, révélant mes bras meurtris. Les yeux de Blake se sont agrandis à la vue de mon corps meurtri. J'ai essayé de remettre le châle en place, mais il m'en a empêché. Il a doucement passé ses doigts sur mes bleus.

Ses yeux étaient brûlants de colère, mais sa voix était douce.

« Qui t'a fait ça ? »

J'ai avalé ma salive. Je savais qu'il ne laisserait pas tomber, maintenant qu'il avait vu les bleus. Je n'avais pas d'autre choix que de lui dire. J'ai pris une profonde inspiration avant de répondre.

« Scalanis. »

Il a serré les dents violemment.

« Pourquoi t'a-t-il fait du mal ? »

J'ai chuchoté, mes mots s'échappant à peine de mes lèvres, « Je ne suis pas sûre. Je pense que c'est parce que j'ai dansé avec toi. »

Blake a serré les poings, un grognement sourd et menaçant s'échappant de sa poitrine.

« Je blesserai tous ceux qui te blesseront. Il est temps que je donne une leçon à cet enfoiré. »

J'étais carrément effrayé de ce qui pourrait arriver s'il allait voir Scalanis. La panique m'a envahi à cette pensée.

J'ai crié d'une petite voix, « S'il vous plaît, non ! »

Il a aboyé : « Tu le protèges maintenant ? »

Je reculai au ton de sa voix, me rétractant un peu, et secouai la tête. « J'ai peur qu'il se venge après, si tu vas le voir. »

Toute la colère a disparu de Blake. Ses yeux brûlants étaient maintenant remplis de tristesse. Je me suis assise sur le lit, épuisée par toutes les émotions contradictoires qui m'envahissaient.

J'ai ajouté d'une petite voix : « Je ne comprends pas pourquoi tu fais ça pour moi. »

Blake s'est assis sur le lit et a pris mes mains dans les siennes.

« Tu n'as pas entendu ce que je t'ai dit tout à l'heure ? Tu es la fleur la plus délicate et la plus ardente que je puisse souhaiter. Jamais de ma vie je n'ai ressenti quelque chose de semblable pour une femme. Tu allumes un feu au plus profond de mon âme. Je n'ai pas de mots pour décrire à quel point je suis tombé amoureux de toi en si peu de temps ! »

Ses mots étaient trop beaux pour être vrais. J'avais l'impression que mon cœur battait si fort qu'il allait sortir de ma poitrine. Je savais qu'il était sincère. Je ne pouvais pas continuer comme ça. Je ressentais la même chose.

J'ai pressé mes lèvres sur les siennes, des étincelles se sont allumées en moi. Le feu de mes lèvres a rencontré la froideur des siennes. Ma tache de naissance brillait fortement pendant que nous nous embrassions. Mon cœur a palpité lorsque je l'ai goûté pour la première fois. Il a attrapé mes cuisses et m'a rapprochée de lui, de sorte que j'étais à cali-fourchon sur lui.

J'étais étonné de voir à quel point ces bras forts pouvaient être doux. Ses doigts descendaient le long de mon dos, me donnant des frissons. Pour la première fois de ma vie, j'avais l'impression d'être précieuse.

Nous avons rompu le baiser. Il était déjà tard, et je devais me lever tôt pour faire les tâches dans le château.

« Même si j'aimerais rester, je dois aller me coucher. Je me lève tôt le matin pour faire mes tâches. »

Blake m'a laissé partir, à contrecœur. Il a ramassé mon châle et me l'a rendu. Je l'ai ramassé, encore tremblant d'avoir été battu.

Blake a demandé d'un ton profond et doux, « Veux-tu rester avec moi ? Pour la nuit ? »

Mes yeux se sont ouverts en grand. Est-ce qu'il demandait ce que je pensais qu'il demandait ?

Il a ajouté rapidement : « Je veux juste être avec toi. Rien de plus. Juste savoir que tu es en sécurité. »

J'ai souri. Ça semblait être une bonne idée. « Ok. »

Blake a souri à ma réponse et m'a prise dans ses bras puissants comme si j'étais la femme la plus précieuse du monde.

Il a chuchoté : « Tu n'as pas idée de la joie que tu viens de me procurer. »

Nous nous sommes allongés sous les couvertures. Blake m'a enveloppé dans ses bras. C'était si bon ! J'ai respiré son odeur virile et j'ai posé ma tête sur sa poitrine. Ma tache de naissance brillait de mille feux.

« Je peux te demander ? Qu'est-ce que c'est sur ta poitrine ? »

« C'est une tache de naissance. Je n'ai aucune idée de ce à quoi elle sert. »

Blake l'a touché du bout du doigt, la faisant scintiller.

« C'est magnifique. On dirait un bijou. »

Je n'y avais jamais pensé de cette façon. « Merci. »

« Est-ce que ça brille toujours comme ça ? »

J'ai secoué la tête. « Seulement quand je suis avec toi. »

Blake a souri avant d'ajouter : « Alors, ça doit vouloir dire quelque chose de spécial. »

J'ai souri. « Ça doit être vrai. »

La fatigue m'envahissait, me faisant bâiller.

« Je suppose que je devrais te laisser dormir. »

J'ai gloussé. « Oui, ce serait une bonne idée. »

Il a doucement attrapé l'arrière de ma tête, rapprochant mes lèvres des siennes, m'embrassant doucement tout en jouant avec mes cheveux. Je savais que j'allais bien dormir. Aucun cauchemar ne me rendrait visite ce soir.

Chapitre 10 (Will)

La déchéance

J e la tenais par le cou. Je pouvais l'entendre lutter pour respirer alors que je la serrais de plus en plus fort. Sa poitrine se soulevait plus rapidement alors que ses poumons essayaient d'obtenir l'air dont ils avaient désespérément besoin. Ses yeux avaient maintenant une teinte rouge car ils étaient remplis de sang. Sa peau autrefois blanche devenait bleue. Ses cheveux blancs, qui flottaient au vent, reposaient maintenant sans vie sur son dos. Elle était forte et s'était bien battu. Mais rien ne m'empêcherait de ressusciter ma compagne. Ses mains perdaient leur emprise sur mon bras, ses yeux roulaient dans leurs orbites.

« Bon travail », a encouragé le démon.

Mes yeux brillaient d'excitation car je savais que bientôt j'aurais le pouvoir nécessaire pour ressusciter ma douce Leila.

Elle était engourdie, son corps était lourd, à peine vivant. J'aurais pu facilement prendre l'Etcheur du Désir, coincé entre ses seins. Mais je voulais sentir son âme quitter son corps.

Non pas qu'elle puisse envoyer ses gardes pour me le reprendre. Les corps des nymphes de l'air gisaient sur le sol, en travers des dagues et des épées. Ils n'étaient que des insectes que je pouvais écraser. La tempête qui faisait rage au sommet de la montagne s'était éteinte lorsque j'ai commencé à les tuer. Comme si elle s'affaiblissait à chaque âme que je revendiquais. Eurynomos continuait à me guider, à me dire ce que je devais faire pour récupérer ma compagne. Il semblait satisfait de mes progrès.

« Mais qu'est-ce que tu fais ? » a crié une voix derrière moi.

Je connaissais cette voix autrefois. Elle appartenait à quelqu'un qui a été important pour moi. Cela semblait si loin. Maintenant, cependant, tout ce qui comptait était de récupérer mon âme sœur.

Je me suis retourné pour voir Zach, Arius, et une femme elfe. Ils regardaient autour d'eux, horrifiés. La femme elfe tenait une main devant sa bouche à la vue de tant de cadavres.

J'ai répondu nonchalamment : « À quoi ça ressemble ? Je suis en train de la tuer. »

« Pourquoi fais-tu ça ? » a demandé Zach.

J'ai levé un sourcil. « Pourquoi pas ? »

Ils m'ont regardé avec un air dégoûté.

« Que t'est-il arrivé ? Tu es différent. »

Je les ai regardés fixement. Que voulaient-ils dire ? Oui, j'avais accepté les pouvoirs du démon, mais c'était uniquement pour pouvoir ressusciter ma compagne. N'importe qui aurait fait la même chose. Cela ne changeait pas qui j'étais.

Voyant que je ne répondais à rien, Zach a ajouté : « Regarde-toi dans un miroir, Will. »

J'ai marché vers le lac gelé, tenant toujours le cou de la nymphe dans ma main. J'ai regardé mon reflet sur la glace. Des veines noires s'étendaient sur mon visage. En étudiant mon reflet, j'ai réalisé que la reine des nymphes ne vivait plus. J'ai délogé la précieuse dague de ses seins, puis j'ai jeté le cadavre au loin.

Je me suis retourné vers Zach et les autres et j'ai haussé les épaules.

« Je ne sais pas, et je m'en fiche. Je dois retourner auprès de Leila. »

Zach a fait un pas en arrière.

« Will, elle est morte. »

« Elle ne l'est pas ! » J'ai grogné de rage, la glace autour de nous craquant sous la puissance de mon cri.

Un morceau de glace s'est séparé de la montagne et est tombé à quelques mètres de là. La femme elfe s'est rapprochée d'Arius.

Mes mots résonnaient avec la puissance de ma détermination.

« Je la ramènerai à la vie. »

« C'est impossible », a répondu Zach.

« Rien ne m'est plus impossible », j'ai serré les dents.

Je me réjouissais de la peur que je pouvais lire dans leurs yeux. Ils devaient savoir qu'ils devaient me craindre s'ils essayaient de m'arrêter.

Zach a demandé, « As-tu... gagné du pouvoir d'une manière ou d'une autre ? »

Je lui ai crié : « Et si c'était le cas ? »

« Qu'est-ce que... tu es ? » a demandé Zach.

« Qu'est-ce que tu penses ? » Rit Eurynomos avant d'ajouter : *« Qu'est-ce que tu vas faire à ce sujet, espèce d'idiot ignorant ? »* cracha Eurynomos de l'intérieur de moi, faisant sonner ma voix plus bas qu'elle ne l'était normalement.

J'ai crié à haute voix à Eurynomos, « Ferme ta gueule, démon ! Tu ne peux pas parler si je ne décide pas que tu en as le droit ! » Ce démon devait connaître sa place.

Réalisant ce qui s'était passé, Zach a demandé.

« Comment as-tu pu ? Tu as pris le parti de celui qui a tué ta compagne ! Il est mauvais ! On ne peut pas lui faire confiance. »

J'ai fait un geste du bras, une vague de puissance soufflant la neige devant eux.

« Tais-toi ! Il a la force dont j'ai besoin pour faire revivre Leila. Tu ne peux pas comprendre ce que ça fait de perdre ton âme sœur, celle qui est faite pour toi. »

Ils ont arrêté de parler. Arius a fait un pas en avant.

« Je le sais ce que ça fait. »

J'ai regardé le Prince vampire. C'était vrai. Il avait su ce que c'était que de perdre sa compagne. Mais alors, il était ici aujourd'hui avec une femme elfe.

« C'est vrai, votre compagne a été tué. Alors, je suppose que tu t'es trouvé une pute pour patienter jusqu'à ce que tu la rejoignes dans l'au-delà. »

Arius a attiré la femme elfe dans ses bras.

« Ne t'avise pas de mêler Elashor à tout ça. Le destin m'a donné une seconde chance en amour. »

Je leur ai craché dessus. « Le destin ne donne pas de seconde chance. »

Arius m'a crié dessus, protégeant Elashor avec son corps.

« Will, je sais que ça fait mal. Je suis déjà passé par là. Mais il n'est pas trop tard. Viens avec nous. Laisse le démon tranquille. Que penserait Leila de tout ça ? »

J'ai détourné ma tête d'eux. « C'est trop tard pour moi. »

J'ai commencé à retourner vers la gargouille, quand j'ai entendu la voix de Zach, « On ne te laissera pas faire. »

La rage bouillonnait en moi, faisant gronder le sol. Ils voulaient m'arrêter. Ils pouvaient essayer. Je ne les laisserais pas faire.

Zach et Arius ont sauté sur moi, me lançant des coups de poing, mais j'étais bien trop rapide pour eux. J'ai esquivé toutes leurs attaques. Elashor me lançait des flèches, mais je me déplaçais trop vite pour elle. Sincèrement, j'avais pitié de leur faiblesse.

Etais-je si faible autrefois ?

Zach était plus fort qu'Arius, mais ce n'était pas suffisant. Il a essayé de me donner un coup de pied au visage, mais j'ai bougé si vite que j'étais dans son dos, le frappant au visage alors qu'il se retournait pour me regarder, surpris. Du sang a jailli de son nez cassé. Mais il a continué à revenir.

Arius a essayé de m'entailler avec ses ongles pointus. Je lui ai donné un coup de pied dans la poitrine si fort qu'il est tombé de quelques mètres dans les airs et s'est écrasé contre un rocher avec un grand bruit. Le rocher s'est brisé sous l'impact et son corps a touché le sol. Je me suis demandé combien d'os s'étaient brisés avec ce coup. Avec un peu de chance, assez pour le garder à terre. Quels bâtards ennuyeux. Elashor a couru vers lui, paniquée.

Zach a ramassé une épée qui était sur le sol. Il s'est élancé vers moi, essayant de la mettre dans mon ventre. J'ai sauté en l'air et esquivé la lame, en lui donnant un coup de pied au visage en même temps.

« Tu veux jouer avec des armes ? » J'ai ris à son petit jeu.

Je me suis concentré sur le sol. Deux tekpis s'arrachèrent d'un des cadavres à mes mains, le sang dégoulinant encore. « Jouons », l'ai-je nargué.

Zach n'arrêtait pas de brandir son épée vers moi, ou même d'essayer de me taillader avec ses ongles, mais j'étais bien trop rapide pour lui. C'était si triste que ce puissant loup-garou-vampire soit si inutile. Étaient-ils le meilleur espoir contre le pouvoir du démon ? Ce monde était condamné depuis le début. Leila n'aurait pas dû se sacrifier pour eux...

« Comme c'est pathétique, en effet », a convenu le démon en moi.

D'innombrables fois, je lui ai entaillé le bras avec le tekpi, son sang souillant le sol. Il a balancé son épée vers moi et a touché mon bras. Je l'ai repoussé d'un coup de pied à la poitrine. Zach a crié de douleur alors que les os de sa cage thoracique se brisaient.

Au même moment, Arius s'est relevé, se tenant les cotes. Malgré la douleur, il a essayé de lancer une attaque avec ses pouvoirs vampiriques sur moi. Mes cheveux se sont balancés avec le vent de son attaque. Je n'ai rien senti. J'en avais assez de tout cela. Il était temps pour moi d'en finir.

Je me suis déplacé rapidement et j'ai atteint Elashor sans qu'ils le remarquent. Elle a crié alors que je portais le tekpi en direction de son cou.
Je leur ai crié, en la maintenant en place,
« Vous avez fini de jouer ? »
Elle essayait de se libérer de mon emprise, mais j'étais bien plus fort qu'elle.
« Si tu oses la blesser… », a menacé Arius. Le loup de Zach a grogné après moi.
« J'ai fini de traiter avec vous, imbéciles ennuyeux. Vous ne voyez pas ? Vous avez déjà perdu », leur ai-je crié avec dédain. « J'ai des affaires plus urgentes à régler, de toute façon. »
J'ai poignardé l'épaule d'Elashor avant de la pousser au sol. Elle a crié de douleur tandis qu'Arius et Zach couraient vers elle.

Je me suis dirigé vers la gargouille qui m'attendait.

« Will ! On n'a pas encore fini ! » a crié Zach.

Je les ai rejetés de la main. « J'ai fini. »

Je suis monté sur le dos de la gargouille et j'ai pris mon envol. Je devais retourner au château. J'avais la dague enchantée. Il était temps de faire revivre ma douce Leila.

************ PDV de Blake ************

Je me suis réveillé en tenant Eshenesra dans mes bras. Elle était mon diamant noir, ma fleur ardente. Son odeur céleste de lilas m'enivrait. Il m'a fallu une éternité pour m'endormir la nuit dernière. J'avais tellement envie d'elle. Tout ce à quoi je pouvais penser, c'était à quel point je voulais la réclamer, la faire mienne. Comment je voulais enfoncer mes dents dans son cou. Je voulais ne faire qu'un avec elle. Mais elle était blessée, et elle avait besoin de se reposer.

Mes yeux sont tombés sur ses bleus à nouveau. J'étais tellement en colère contre Scalanis. La seule chose qui m'empêchait de l'affronter était que je ne voulais pas qu'il déchaîne sa rage sur elle. Je voulais la protéger, la garder à mes côtés. Il était clair pour moi qu'il était hors de question que je quitte cette ville sans elle. Je trouverais un moyen de la faire venir avec moi.

Après avoir dormi avec elle dans mes bras, je savais que je ne voulais plus dormir sans elle. C'était effrayant. Toute ma vie, je n'ai eu que moi à m'occuper. Je n'ai jamais eu à m'inquiéter. Je pouvais me battre avec tout ce que j'avais. Le pire qui pouvait arriver était que je meure. Mais aujourd'hui, tout avait changé. Pour la première fois, j'avais peur de perdre quelqu'un qui m'était cher. Et c'était terrifiant. Je donnerais ma vie pour la protéger. Je tuerais quiconque lui ferait du mal. Je ferais tout ce que je pourrais pour la faire sourire le plus souvent possible. Je voulais qu'elle se sente en sécurité avec moi. Je voulais qu'elle s'ouvre à moi. Je voulais qu'elle sache qu'elle pouvait partager ses plus profonds secrets avec moi.

Elle a commencé à remuer dans son sommeil, ouvrant les yeux, me gratifiant de son regard doré.

« Salut, ma belle. »

Elle a souri. « Je suis si heureuse que ce ne soit pas un rêve. »

J'ai ri doucement et je l'ai embrassée. « Tu parles ; ce n'est pas un rêve ! »

Elle a demandé paresseusement : « Quelle heure est-il ? » Je n'ai pas eu le temps de répondre avant qu'elle ne panique. « Je suis probablement en retard pour le travail ! »

J'ai essayé de la faire se détendre. « Calme-toi ! Je vais prendre le blâme. »

Elle m'a fixé dans les yeux. « Tu crois que ça va marcher ? »

J'ai souri. « Je vais faire en sorte que ça marche. »

Je me suis changé dans la salle de bain. Eshenesra n'avait pas de vêtements de rechange avec elle, alors elle m'a attendue.

Nous sommes descendus pour prendre notre déjeuner. Pendant qu'on mangeait, Scalanis est entré dans la pièce en criant.

« Eshenesra ! Te voilà ! Où étais-tu passée ? Espèce de bonne à rien de gueuse ! »

J'ai serré les dents. Il m'a fallu tout ce que j'avais pour ne pas lui sauter dessus et boire son sang jusqu'à ce que mort s'ensuive. Je lui ai jeté un regard sévère. Je ne pouvais pas le blesser devant le roi et la reine. Mais je pouvais utiliser mes pouvoirs sans que personne ne le sache.

J'ai souri à cette pensée et j'ai poussé ma force noire vampirique vers lui. Il s'est soudainement arrêté de bouger et m'a fixé, son pouls augmentant sous l'effet de la peur. J'ai ricané ; il pouvait le sentir, c'est sûr.

La reine passait de l'autre côté de la pièce. Elle ne ressentait pas mes pouvoirs car je les dirigeais uniquement vers Scalanis.

Elle a levé un sourcil et a demandé à Scalanis : « Il y a un problème ? »

Je ne l'ai pas laissé répondre. Il a essayé de parler, mais je lui ai volé sa voix. Ses yeux se sont ouverts en grand alors qu'il continuait à ouvrir la bouche pour parler, mais aucun son n'en est sorti.

Je me suis tourné vers la reine et lui ai parlé en m'excusant.

« Je suis désolé, votre Majesté. J'ai gardé Eshenesra occupée ce matin, et donc, elle est en retard pour ses tâches. »

La reine a hoché la tête. « Je suis sûre que Scalanis a pu tout faire faire par quelqu'un d'autre. » Elle a tourné la tête vers lui. « N'est-ce pas ? »

Scalanis était toujours figé sur place par mes pouvoirs. Il a simplement hoché la tête, la bouche ouverte, la sueur perlant sur son front.

J'ai ajouté, « Avec tout le respect que je vous dois, votre Majesté. Je pense que Mlle Eshenesra ne se sent pas bien aujourd'hui. Serait-il possible pour elle de prendre un jour de repos ? »

Solandra acquiesce et sourit. « Bien sûr ! Ça ne devrait pas être un problème, n'est-ce pas Scalanis ? »

Lentement, il a secoué la tête.

Heureux de la façon dont les choses se passaient, j'ai libéré Scalanis de mes pouvoirs.

Il prit une inspiration, comme s'il émergeait des profondeurs des eaux, semblant reprendre son souffle. Il a jeté un coup d'oeil à moi et à Eshenesra, mais n'a rien osé dire. J'espérais que cela l'effraierait suffisamment pour qu'il reste loin d'Eshenesra. Il s'est incliné devant la reine et a quitté la pièce.

Bianca et Steven sont entrés dans la pièce et ont commencé à prendre leur déjeuner. Eshenesra semblait plus détendue maintenant qu'elle pouvait avoir un jour de congé. Elle avait toujours son châle sur ses épaules. Je me suis demandé combien de temps cela prendrait pour que ses blessures guérissent.

« Mon Dieu ! » a crié Bianca.

J'ai levé les yeux vers la porte pour voir Zach, Arius et Elashor entrer dans la pièce. Ils étaient blessés, saignaient sur le sol et boitaient. Elashor avait une arme logée dans son épaule.

Je leur ai crié : « Que vous est-il arrivé ? »

Arius a répondu d'une voix rauque : « C'est Will qui a fait ça. »

Bianca a mis une main sur sa bouche. Elle a chuchoté, « C'est impossible ! »

Zach a pris place à la table, en grimaçant de douleur. Arius a continué à parler tout en tenant Elashor par la taille.

« Will... il a changé. Il s'est rangé du côté d'Eurynomos. »

J'étais déconcerté. Je ne pouvais pas croire ce qu'Arius venait de dire. C'était impossible. Eurynomos était responsable de la mort de Leila. Will ne pouvait pas se ranger du côté du meurtrier de sa compagne.

J'ai répondu : « Je n'y crois pas ! »

Zach a répondu, « C'est vrai... D'une certaine manière, il pense qu'il peut faire revivre Leila. »

Bianca a crié : « Mais c'est impossible ! Je ne te crois pas ! »

Elashor a répondu d'une voix douce : « Pourtant, c'est vrai. »

Bianca a répondu : « Nous devons l'arrêter. »

C'était incroyable. Je n'arrivais pas à croire que Will avait rejoint le camp du démon. Surtout après ce qui est arrivé à sa compagne.

Je leur ai demandé : « Avez-vous une idée d'où il se trouve ? »

Arius a répondu : « Il volait vers le nord sur sa créature. Il doit avoir une base ou quelque chose par là. »

Bianca a répondu : « Je ne suis pas encore prête à y aller. J'ai encore besoin de m'entraîner. »

J'ai répondu : « C'est vrai. Nous devrions aller à la guilde de la magie. Peut-être que nous pourrions faire un sort de guérison sur vous trois en même temps. »

Ils m'ont tous regardé et ont hoché la tête.

Bianca a ajouté : « C'est une excellente idée. Nous partirons demain matin pour combattre Will. »

Zach a répondu : « Mais nous ne savons pas où est Will. »

Bianca a répondu, « Nous ne savons pas... encore. Nous avons toute la journée pour le découvrir. »

Steven a répondu : « Je vais faire le tour de la ville et demander. »

Elashor a répondu : « Je dois enlever ce truc de mon épaule... Mais je t'aiderai après. »

Eshenesra ajoute : « Je ne sais pas de quoi il s'agit, mais je vais aussi aider. »

Mon cœur s'est réchauffé à ces mots et je lui ai murmuré : « J'aimerais beaucoup que tu viennes avec nous. »

*********** PDV d'Eshenesra ***********

J'ai été choqué de voir l'état dans lequel ils étaient. La femme elfe avait même une arme logée dans son épaule. Je n'étais pas sûre de comprendre tout ce qui se passait ici, mais je savais que je voulais les aider. Je les ai suivis jusqu'à la ville puisque Blake avait convaincu la reine de me donner un jour de congé. Ce dont j'étais très reconnaissante.

Je suis resté près de lui alors que nous marchions dans les rues. Nous sommes rapidement arrivés à la guilde de la magie. Bianca s'est tournée vers nous.

« Je vais demander à Iain de préparer une potion de soin pour vous », dit-elle en désignant les blessés. Puis elle a ajouté, « Elashor, s'il te plaît viens avec moi. Nous allons retirer ce tekpi de ton épaule. »

La femme elfe l'a suivie à l'intérieur. Nous avons attendu dehors pendant un moment ; Blake parlait avec Zach.

« C'est mauvais. Je n'arrive pas à croire que Will ait décidé de se ranger du côté d'Eurynomos. »

« Il est si puissant ! J'ai à peine été capable de l'égratigner. »

« J'espère seulement que les pouvoirs de Bianca seront assez puissants pour qu'elle puisse le combattre. »

« Il doit y avoir quelque chose qu'on peut utiliser pour nous aider. »

C'était sérieux. Je n'étais pas sûre que ce soit une bonne idée, mais j'ai proposé : « Vous pourriez peut-être utiliser du poison ? »

Ils m'ont tous deux regardé. J'attendais anxieusement une réaction de leur part.

« Ça pourrait être une bonne idée », a dit Blake.

« Sais-tu où nous pourrions en trouver ? » a demandé Zach.

Je leur ai fait un signe de tête. « Je pourrais vous conduire au marché noir. »

Les yeux de Blake se sont élargis. « Tu sais comment y accéder ? »

« Oui... La plupart des elfes noirs y travaillent. J'essaie de l'éviter, mais je sais où c'est. »

« Alors c'est réglé ! » dit Zach. « Nous allons au marché noir. »

« Pas avant que tu ne boives ceci », a déclaré Bianca, en lui tendant une flasque.

A ses côtés se trouvait Elashor, qui semblait guérie. Zach a bu la potion tandis que Bianca en a donné une à Arius.

« Où allez-vous les gars ? » a demandé Bianca.

« Nous allons au marché clandestin pour trouver du poison à utiliser contre Will », a déclaré Zach.

Bianca a mis une main sur sa bouche. Zach a mis une main sur son épaule. « Bianca, je sais que Will est ton frère. Mais il s'est rangé du côté du démon, et il est plus fort que jamais. Nous avons besoin de tout ce que nous pouvons pour nous aider à le vaincre. » Il a soupiré, puis a ajouté : « N'oublie pas que c'est aussi mon neveu. »

Le mot semblait peser lourd sur ses épaules.

« Eh bien, je pense que je devrais aller voir ce magasin de trouvailles », a dit Elashor.

« Tu veux dire la boutique de Kõrvits ? » a demandé Arius.

Elashor sourit et sortit une petite montre de poche. « Oui, je suis sûre qu'il a toutes sortes de bidules utiles que nous pouvons utiliser pour nous battre. N'a-t-il pas dit qu'il construisait des robots pour se battre à sa place ? »

« C'est une excellente idée ! » s'exclama Bianca. « Vous faites ça pendant que je m'entraîne davantage. »

« Parfait, je vais aller au marché souterrain avec Eshenesra », a déclaré Zach.

« Moi aussi », a ajouté Blake. Mon cœur a palpité en voyant que Blake venait aussi.

« Alors je vais aller avec Arius et Elashor au magasin d'inventions », dit Steven.

Il s'appelle « Ye Olde Atelier », ajouta Elashor.

« Très bien, amusez-vous bien », a dit Bianca avant d'embrasser Steven pour lui dire au revoir.

« Dites bonjour à Kõrvits de ma part », a ajouté Blake avec un sourire.

Ce magasin avait l'air amusant. Ça avait l'air plus amusant que d'aller au marché clandestin. Alors que nous nous préparions à partir, Blake a serré ma main et m'a murmuré : « Merci de nous aider. »
Ces seuls mots ont fait palpiter mon coeur. Rester loin de lui s'avérait impossible. Je redoutais le jour

où il partirait. Pour l'instant, j'étais heureuse de passer la journée avec lui.

Je marchais dans les rues avec Zach et Blake. C'était bizarre d'être celle qui ouvre la voie. J'étais habituée à suivre les ordres et à suivre les autres et pas l'inverse. Mais c'était aussi rafraîchissant.

Bientôt, nous sommes arrivés dans une rue sombre. Il y avait eu un grand incendie il y a quelques années. Les maisons et les magasins ont brûlé, mais les gens n'ont pas jugé utile de les reconstruire. Des planches de bois bloquaient les fenêtres. Certaines maisons n'avaient plus de portes. Certaines personnes vivaient encore dans ces ruines, rejetées, indésirables, malvenues. Le rebut de toutes les races, vivant entre eux, le seul endroit qui ne hurlerait pas à leur vue. Certains d'entre eux nous espionnaient alors que nous nous frayions un chemin à la hâte dans la rue.
« Ignorez-les », ai-je chuchoté à Zach et Blake avant d'accélérer le rythme.

Nous sommes bientôt arrivés à ce qui était autrefois une tour de garde. Elle a été épargnée par le feu, ses murs étant faits de pierres et la porte de métal. Les gardes l'avaient abandonnée depuis longtemps. Il n'y avait pas de besoin de protéger les personnes vivant dans les ruines.

J'ai frappé trois fois à la porte métallique. La lourde porte métallique s'est ouverte en grinçant juste assez pour laisser un homme nous examiner de l'intérieur.

Il a demandé avec méfiance : « Que voulez-vous ? »

J'ai chuchoté : « On vient pour les marchandises. »

L'homme a grogné : « Nous n'avons pas de marchandises ici. »

J'ai haussé le ton, « Je sais très bien que vous avez de la marchandise ! Maintenant arrête de faire l'idiot et laisse-nous entrer. Je connais Darren. »

Les yeux de l'homme se sont élargis. Darren était bien connu dans le marché clandestin. Il n'y avait rien de plus à dire. Il a ouvert la porte et nous a laissé entrer.

La pièce était sombre, éclairée par des bougies le long du mur.

J'ai fait un geste vers Blake et Zach. « Suivez-moi. »

J'ai suivi le couloir jusqu'à ce que nous arrivions à une grande pièce ouverte. Au-delà, il y avait une autre grande pièce ouverte, puis une autre. C'étaient d'anciennes casernes et des terrains d'entraînement pour les gardes qui avaient été convertis en un grand marché. Les tables étaient alignées contre le mur et au centre des pièces. On pouvait à peine marcher entre les étals.

Les clients parcouraient les marchandises, en restant discrets. Personne ne voulait vraiment être vu dans le marché souterrain. Les vendeurs gardaient souvent des capuches. D'autres s'en moquaient, car leurs visages étaient affichés sur des avis de recherche.

Je marchais avec Zach et Blake, les laissant parcourir les marchandises. Blake continuait à me tenir la main.

Rapidement, j'ai repéré ce que je cherchais.

Je me suis exclamée lorsque je l'ai aperçu. « Darren ! »

L'elfe noir m'a souri, ses yeux verts ont brillé en me voyant.

« Eshenesra ! Cela fait longtemps ! Et tu as amené des amis aussi. »

Je lui ai souri en retour.

« Voici Zach et Blake. Ils se battent contre un démon, d'après ce que j'ai compris. »

La voix de Darren était remplie d'étonnement lorsqu'il s'est exclamé : « Un démon ! »

« Ravi de vous rencontrer », dit Blake d'une voix grave.

« Un démon très puissant », a ajouté Zach.

« J'ai pensé que tu aurais quelque chose qui pourrait les aider à le vaincre », ai-je dit à Darren.

Il a souri à ma déclaration.

« Bien sûr ! Maintenant, laissez-moi vérifier », a-t-il répondu, tout en fouillant dans ses fioles.

Zach a ajouté : « Nous n'aurons peut-être pas beaucoup d'occasions de le frapper. Quelque chose de fort serait probablement le mieux. »

Blake le fixait. « Et si ça le tuais ? »

« Crois-moi. J'ai vu sa force. Le poison ne le tuera pas. »

« Ah ! » S'exclama Darren, ayant trouvé ce qu'il cherchait. Il tenait une petite fiole noire dans sa main.

« C'est le poison le plus puissant que je possède. On pense qu'il provient directement des Gorgones ! Bien sûr, on ne peut jamais être sûr d'où ça vient. C'est très rare ! »

Zach a dit, en réfléchissant, « Les Gorgones ! Voilà qui est intéressant. Nous allons le prendre. »

Darren a souri. « Ça fera cinq mille pièces. »

J'ai crié : « Cinq mille pièces ? ! C'est plus de pièces que ce que je gagne en un an ! »

Zach a pris une pochette à sa ceinture, a compté quelques pièces et les a données à Darren.

« Voilà ! » dit-il en ramassant la fiole donnée par Darren.

« Où diable as-tu trouvé cet argent ? » Blake a demandé.

Zach a souri. « Le Seigneur des vampires voulait s'assurer que nous avions tout ce dont nous avions besoin pour notre voyage. »

Darren leur a dit : « Ouvrez la fiole et versez son contenu sur la lame de votre épée lorsque vous combattez. »

Je l'ai remercié chaleureusement. « Quand tu veux, mon amie. »

Il nous a fait signe lorsque nous quittions son stand.

Nous avons repris notre chemin vers la sortie, tandis que Blake et Zach se disputaient toujours pour le prix payé pour la fiole de poison. C'était drôle de les regarder. Ils ressemblaient à deux frères qui se disputaient.

Nous avons lentement pris le chemin du retour vers le château. J'avais un jour de congé, alors j'imagine que je pouvais me détendre dans mes quartiers. Peut-être profiter d'un peu de temps à l'extérieur dans les jardins.

Quand nous sommes arrivés au château, Blake a arrêté de parler. Il était sérieux. Je me demandais ce qui se passait, mais je n'osais pas demander.
« Merci de nous avoir montré le marché souterrain », a dit Zach.

Je lui ai fait un signe de tête. Pour la première fois de ma vie, j'avais vraiment l'impression d'avoir des amis avec moi. Des gens qui se souciaient de moi, et sur lesquels je pouvais compter. J'avais peur de les perdre. J'espérais pouvoir les garder dans ma vie le plus longtemps possible.

« J'étais heureux d'être avec vous les gars », ai-je dit de bon cœur.
Blake m'a regardé. « Je te verrai plus tard. S'il te plaît, profite de ton jour de congé. »

Je lui ai fait un signe de tête et je l'ai regardé avec inquiétude entrer dans le château et se rendre directement dans la salle du trône. Il ne m'a même pas embrassé pour me dire au revoir. Il a à peine dit quelque chose et semblait pressé d'aller parler au roi. Je me demandais pourquoi.

Chapitre 11 (Bianca)

Consommé

Je n'arrivais toujours pas à croire que Will s'était allié avec le démon qui avait tué sa compagne. Cela n'avait aucun sens. Mon frère... Je l'aimais tellement. J'étais déterminée, plus que jamais, à maîtriser mes pouvoirs. Je lui ferais entendre raison. Je sauverai mon frère.

Mes jambes tremblaient, mais j'ai continué à pousser. La pensée de Will me poussait à me battre au-delà de mes limites. J'avais besoin d'être forte, d'être là pour mon grand frère. Je vaincrais Eurynomos et je ramènerais mon frère. Nous nous en sortirons ensemble, comme il se doit.

« Bianca, fais une pause ! Ça suffit pour l'instant. »

J'ai haleté et fait un signe de tête à Iain. Je m'étais entraîné toute la matinée et tout l'après-midi. J'avais maîtrisé les bases. J'apprenais maintenant à maîtriser les pouvoirs de la Déesse de la Lune. Cela mettait mon corps à rude épreuve, mais je savais que j'étais assez forte pour le faire.

Iain m'a regardé fixement. « Cette robe que tu portes. Elle est magique, n'est-ce pas ? »

J'ai hoché la tête. « C'est ce qu'on m'a dit. Quand je l'ai mis l'autre jour, je me suis immédiatement sentie rafraîchie et je pouvais sentir la magie couler dans mes veines. »

Iain est resté pensif pendant un moment. « Si je devais deviner, je dirais qu'elle régénère probablement votre vie et votre mana. C'est une robe très puissante. »

La régénération ? Je ne savais pas que c'était possible ! Cela pourrait expliquer pourquoi j'étais capable de m'entraîner avec autant d'ardeur sans m'effondrer.

J'ai pensé tout haut, « C'est très utile ! »

« Devons-nous dîner avant de continuer ?"

Je lui ai fait un signe de tête. Le commis de la guilde magique nous a apporté des sandwiches au thon.

Après le dîner, nous avons passé l'après-midi à nous entraîner davantage. À la fin de la journée, j'avais l'impression d'avoir enfin appris à contrôler cette magie qui coulait dans mes veines. J'étais capable de la plier à ma volonté. Attaquer férocement, se protéger, ou se soigner. J'avais l'impression que la robe m'avait beaucoup aidé, car je ne semblais jamais manquer de mana non plus. C'était une bonne chose. Nous étions censés partir demain pour arrêter Will.

Le réceptionniste est venu nous chercher pendant que nous faisions une petite pause.

« Je suis désolé de vous interrompre. Les amis de ma damemoiselle sont ici. »

« Déjà ? » J'ai demandé, surprise.

J'ai regardé l'horloge pour voir que c'était déjà la fin de l'après-midi.

Iain a parlé avec un sourire sincère, « Je pense que vous êtes prête, ma chère. »

J'ai tourné la tête avec surprise vers Iain.

« Vraiment ? »

Il m'a fait un signe de tête. Je n'ai pas pu m'empêcher de le serrer dans mes bras. « Oh, merci pour ton aide, Iain ! »

« Ce n'était rien », a-t-il répondu avec un clin d'œil. « Maintenant, fais attention et va sauver le monde. »

J'ai descendu les escaliers pour être accueil-
lie par Arius, Elashor, et mon cher Steven. Mon
cœur a palpité à sa vue.

J'ai parlé dans son esprit. « Comme tu m'as
manqué ! »

J'ai entendu son ronronnement de loup
avant qu'il ne réponde : « Tu m'as manqué aussi,
mon amour. »

« Comment s'est passée l'entraînement ? »
a demandé Elashor.

J'ai souri. « C'était génial ! Iain dit qu'il
pense que je suis prête. »

« Parfait ! » a répondu Elashor.

Nous avons commencé à marcher vers le
château. J'ai remarqué qu'Arius portait une grosse
et lourde boîte.

J'ai demandé : « Qu'est-ce que c'est ? »

Arius a répondu : « C'est un petit quelque
chose que Kõrvits nous a donné. C'est sa façon d'aider à la lutte. »

« Arrête de me faire attendre ! Je veux savoir ce que c'est. »

Il a rigolé. « Tu verras quand on sera de retour au château. Je veux que Blake et Zach voient
aussi. »

J'ai soupiré. « Bien, ok, rentrons déjà, alors. »

************ PDV de Will ************

En retournant au château sur la gargouille, je n'ai pu m'empêcher de me réjouir. Enfin, j'avais l'Etcheur du désir. Il était temps de faire revivre ma douce Leila. Je ne pouvais pas attendre de la tenir dans mes bras à nouveau. Alors que je volais près du château, j'ai remarqué que certains membres du bataillon étaient dehors, gardant le château. Bien. Ils avaient intérêt à protéger le château et Leila.

La gargouille a atterri sur le toit du château. Je suis entré par le grenier et je suis descendu. J'ai entrevu mon reflet en marchant devant un miroir. Je me suis arrêté une minute, fixant mon reflet. Ma peau était parsemée de taches noires. Le bleu de mes yeux s'était assombri au point qu'on pouvait à peine faire la différence entre l'iris et la pupille. J'ai grogné. Ce n'était pas bon. A ce rythme, Leila ne me reconnaîtra pas quand elle reviendra à la vie.

J'ai crié à Eurynomos : « Tu ne m'as pas prévenu, démon ! »
Un grognement s'échappa de ma poitrine, mais il ne venait pas de mon loup, mais du démon. J'ai réalisé que cela faisait un moment que je n'avais pas parlé à mon loup et je me suis demandé s'il souffrait toujours de la rupture du lien d'âmes sœurs.

Agacé, Eurynomos a répondu : *« Détends-toi, petit loup. Elle te reconnaîtra grâce à ton lien de compagnon. »*

J'ai laissé échapper un soupir de soulagement. C'est vrai, je n'avais pas pensé au lien de compagnon. Bien sûr, elle me reconnaîtrait. Elle ne pouvait pas faire autrement.

Je me suis arrêté dans la chambre où elle était allongée. Elle était toujours dans le lit, les yeux fermés, comme je l'avais laissée. Elle était aussi belle que jamais. Je voulais rester à ses côtés, mais elle n'était pas encore vivante. J'ai déposé un baiser sur sa main froide, en lui murmurant une douce promesse : « Encore un peu de temps, et nous serons de nouveau ensemble. »

Je ne voulais pas quitter son chevet, mais un avertissement du démon a suffi à me convaincre de sortir de la pièce.

« N'oublie pas l'invasion. »

J'ai grogné contre le démon et je me suis rendu au reste du château. Mes serviteurs avaient bien travaillé. Ils avaient nettoyé la poussière et les toiles d'araignées. Le château a commencé à ressembler à quelque chose qui plairait à Leila.

Je suis allé au portail de la salle du trône. Le général centaure était là.

« Rapport », ai-je ordonné, agacé par cette guerre.

Le centaure s'inclina légèrement avant de répondre,

« Tout se passe bien, maître. Nous contrôlons la plupart des grandes villes. Nous tuons tous ceux qui ne s'inclinent pas devant nous. Tout se passe comme prévu. »

Cette invasion était futile. Je ne m'en souciais pas du tout.

« Mais moi, je m'en soucie ! Souviens-toi de notre marché », dit Eurynomos avec colère.

« En parlant de notre marché. J'ai l'Etcheur du Désir. Il est temps pour toi de remplir ta part du marché et de la ranimer. »

Je pouvais sentir qu'Eurynomos était irrité en moi.

« Je ne peux pas la ranimer, pas encore. »

J'ai crié : « Quoi ? Tu m'as dit de récupérer la dague. Je l'ai ! »

« Tu dois faire apparaître une tour pour drainer l'énergie des vivants. Faire revivre quelqu'un nécessite une immense quantité d'énergie. Mais d'abord, pour faire apparaître la tour, tu dois briser la dague pour que je puisse récupérer mes pouvoirs. »

Je commençais à douter des intentions du démon, mais il était trop tard maintenant. J'irai jusqu'au bout.

J'ai laissé tomber la dague sur le sol. Puis, j'ai demandé à l'un des orcs qui se trouvait à proximité de me prêter sa masse. J'ai frappé la dague avec, sans succès. J'ai continué à frapper, mon front transpirant à cause de l'effort. Après quelques coups, la dague s'est finalement brisée en deux, la lame se séparant du manche. J'ai senti une énergie noire couler dans mes veines. Le pouvoir se déversait en moi. C'était revigorant à un niveau que je n'aurais jamais cru possible.

J'avais sûrement assez de puissance pour faire apparaître la tour dont Eurynomos parlait.

« Démon, comment je fais apparaître la tour ? »

Je pouvais sentir le démon sourire à l'intérieur de moi.

« *Concentre-toi sur elle. Je ferai le reste de l'intérieur.* »

J'ai fait ce que le démon m'a demandé. Je me suis concentré sur la création d'une tour, même si je n'avais aucune idée de la façon de le faire. La douleur a commencé à jaillir de mon corps. J'avais l'impression que mes entrailles se déchiraient. Un cri d'agonie s'est échappé de mes lèvres, perçant le silence du moment. Je pouvais sentir Eurynomos travailler aussi. J'ai pris ma tête dans mes mains, enfonçant mes ongles dans ma propre peau à cause de la douleur. Je suis tombé à genoux, consommé par la douleur. Ma tête a commencé à tourner, puis tout est devenu noir.

************ PDV de Kate ************

J'étais fatiguée. Combien de vagues avions-nous déjà repoussées ? Je n'arrivais pas à compter. Nos soldats étaient fatigués, et les dragons aussi. Heureusement, Elwin et Ravynne étaient capables de soigner les blessés, mais je me demandais combien de temps avant qu'ils ne puissent plus suivre le rythme.

Damien orchestrait tout, mais je pouvais sentir son inquiétude à travers notre lien de compagnon. Il gardait une façade forte, mais il ne pouvait pas me le cacher. Je continuais à l'encourager à travers notre lien de compagnons.

Cela faisait un moment que Bianca était partie, et nous n'avions aucune nouvelle d'eux. J'espérais seulement qu'elle avait réussi à maîtriser ses pouvoirs, pour que ces attaques cessent bientôt. Damien était le Seigneur des vampires. Notre peuple comptais sur nous pour le garder en sécurité. Je ne savais pas combien de temps encore nous serions en mesure de le faire.

De plus, j'étais inquiète pour la meute de Will, mon ancienne meute. Mes parents allaient-ils bien ? Étaient-ils attaqués comme nous l'étions ? J'espérais seulement que tout le monde allait bien.

J'ai observé, impuissante, depuis le balcon, nos guerriers repousser une nouvelle vague de créatures maléfiques. Je me suis demandé combien d'orcs il pouvait y avoir. Il semblait qu'il n'y avait pas de fin à leur nombre ! Il en allait de même pour les gobelins, harpies, centaures, succubes et autres vils démons qui nous attaquaient.

J'étais heureuse que Cain et Zarek soient toujours avec nous, car ils étaient de formidables guerriers. Ils combattaient aux côtés de Lilith. Un tas de cadavres se formant autour d'eux. Damien avait insisté pour se battre à leurs côtés, malgré le fait que cela m'inquiétait terriblement. Mais il a expliqué qu'il ne pouvait pas rester là à regarder l'armée attaquer. Il voulait me protéger, moi, sa compagne. Je pouvais totalement comprendre cela, car je ressentais la même chose envers lui.

Les corps s'empilaient. Le son du métal s'entrechoquant. Le nombre d'ennemis diminuait enfin, me donnant l'espoir que nous étions en train de gagner. Les cuisiniers préparaient déjà du ragoût et des verres de sang pour réapprovisionner nos guerriers après la vague. Ils avaient combattu toute la nuit et étaient sûrement fatigués. Avec un peu de chance, ils auraient le temps de faire une sieste avant la prochaine vague.

Les stores du château avaient été fermés pour filtrer les rayons du soleil levant, donnant ainsi une meilleure chance à nos soldats de se reposer.

Le sol a tremblé. Je me suis accroché à la balustrade car je me sentais soudain faible. Le château fut bientôt plongé dans l'obscurité. Au loin, une grande structure sombre s'était élevée à l'est, cachant complètement le soleil. Elle était immense et cachait le soleil levant, nous laissant dans l'ombre. J'ai regardé autour de moi dans la cour, et tous les soldats se battaient maintenant difficilement.

« Tu vas bien ? » J'ai entendu à travers mon esprit.

« Je me sens faible. »

Damien a acquiscé à ce que j'ai dit, et je pouvais sentir sa détermination à travers notre lien.

« Comme tout le monde ici. Je m'en viens. »

Je suis retournée dans notre chambre et je l'ai attendu. Je me sentais trop faible pour faire quoi que ce soit. Il n'a fallu que quelques secondes pour qu'il arrive.

« Je ne sais pas ce qu'est cette tour », a-t-il commencé. « Mais elle semble drainer l'énergie de nos soldats. Nous devons la contrer, sinon nous allons tomber. »

Il était sérieusement inquiet maintenant. Il était toujours si sûr de lui. Cela ne pouvait pas être bon.

« Que pouvons-nous faire ? »

Je continuais à chercher dans mon esprit, mais à part faire exploser la tour, je ne voyais pas ce que nous pouvions faire. Damien a souri quand il a vu ce que je pensais à travers notre lien.

Ses yeux brillaient pendant qu'il parlait.

« Ça pourrait marcher, mais d'abord, nous devons détruire la vague actuelle d'ennemis. Et je pense que je sais exactement comment le faire. »

Il a attrapé ma main. Nous nous sommes précipités à l'infirmerie pour voir Elwin et Ravynne.

« Elwin ! Nous devons activer l'ancienne magie du château, » ordonna Damien.

La bouche du vieux sorcier est restée ouverte.

« Vous êtes sûr, monseigneur ? Vous savez ce que cela implique. »

« La situation est grave ! Nous devons le faire, même si cela signifie que nous risquons de perdre des citoyens. »

J'ai regardé les deux avec de grands yeux. Ravynne les regardait de la même façon.

J'ai demandé : « L'un d'entre vous pourrait-il nous expliquer ce qui se passe ? »

Ils se sont tous deux retournés pour nous regarder, Ravynne et moi, comme s'ils se souvenaient que nous étions là et qu'ils ne savaient pas de quoi ils parlaient.

« Oh, c'est vrai », dit Damien d'un ton grave. « La magie de l'ancien château est un puissant bouclier qui ne doit être activé qu'en cas d'urgence. Mais en le faisant, il lancera une vague d'énergie suffisamment forte pour qu'elle tue une partie des citoyens vampires, ou peut-être même détruire une partie de la ville. Mais étant donné les circonstances... je pense que c'est notre seule option. »

Maintenant, je comprenais l'hésitation d'Elwin. Protéger le château, au risque de tuer notre propre peuple. Mais étant donné la tour qui sapait notre énergie, les vagues incessantes, et les soldats fatigués, ça pourrait très bien être notre seule option.

« Bien, je comprends », ai-je répondu doucement.

Damien a demandé à travers notre lien d'âmes sœurs : « Qu'en penses-tu, ma petite louve ? »

« Je pense que c'est une chose raisonnable et que ça pourrait nous permettre de sauver plus de vies que d'en perdre. Par conséquent, nous devrions le faire », ai-je répondu à voix haute.

Damien m'a souri.

« Merci, ma reine », a-t-il répondu, avant d'ajouter par le biais de notre lien de compagnons. « Ton opinion est très précieuse pour moi. Je suis heureux de pouvoir compter sur toi en cette période difficile. »

J'ai souri fièrement à son commentaire, même si j'étais la seule à l'entendre.

« Merci, mon amour », ai-je murmuré à travers notre lien de compagnon, lui envoyant une vague d'amour.

« Dépêchons-nous d'aller à la salle de contrôle. » Elwin nous fis signe de le suivre.

Nous l'avons tous suivi dans un escalier en pierre que je n'avais jamais vu auparavant. C'était dans une partie du château où je n'étais jamais allé. Des toiles d'araignées décoraient les murs. En descendant, nous avons vu un étrange mécanisme contrôlé par une grande manivelle en cristal.

J'ai demandé : « Doit-on déplacer ça ? »

Damien a secoué sa tête. « Elle est activée par la magie. Nous avons besoin d'Elwin et Ravynne pour le débloquer. Alors seulement, nous pourrons activer le bouclier. »

Elwin a dit quelques mots à Ravynne dans une langue que je ne connaissais pas. Ravynne a hoché la tête. Je suppose que c'était une langue universelle magique ou quelque chose comme ça. Ensemble, ils ont commencé à scander des mots.

« Protegat activate scutum magicae... »

Un gros cliquetis s'est fait entendre du mécanisme, comme si quelque chose se déverrouillait. Damien a fait un geste vers moi. J'ai commencé à pousser la manivelle avec lui, tandis que Ravynne et Elwin continuaient leur chant. La manivelle a commencé à bouger, ainsi que les engrenages. Nous avons continué à pousser jusqu'à ce que le mécanisme s'arrête.

On a entendu un bruit de sifflement tout autour de nous, et des cristaux se sont allumés dans le plafond.

Damien était excité. « Allons voir. »

Nous sommes remontés aussi vite que possible. Le bruit de la bataille s'était arrêté. Quand on a regardé dehors, on a vu que l'armée du démon était morte. Nos soldats se tenaient debout avec un regard émerveillé sur leurs visages. Tout autour du château, il y avait une grande bulle d'énergie. Elle faisait des étincelles chaque fois qu'un ennemi, ou l'énergie sombre de la tour à l'Est, essayait de la toucher. Cela m'a permis de voir le bord rougeoyant de la bulle autrement invisible. La sensation d'épuisement avait également disparu. Je me sentais de nouveau mieux.

« Ça a marché ! » s'exclama Elwin, émerveillé.

Les soldats rentraient déjà à l'intérieur pour manger et se reposer, car les ennemis étaient partis.

« Super ! Prenons soin de nos soldats, alors », ai-je dit avec enthousiasme.

« Oui, alors nous verrons ce que nous pouvons faire pour nous débarrasser de cette tour. Nous ne pouvons pas garder le bouclier de protection en permanence. Il finira par manquer d'énergie », dit Damien.

Je l'ai regardé, inquiète. Je ne savais pas que c'était temporaire. Alors nous devions trouver une solution et vite. Mais au moins, ça nous permettait de gagner du temps.

*********** PDV de Blake ***********

Je dînais en compagnie de Zach et Eshenesra. La nourriture était excellente. Je ne lui avais pas encore dit ce que j'avais demandé au roi et à la reine. J'espérais qu'elle ne serait pas en colère contre moi. Je lui dirai quand je serai seul avec elle. Pour l'instant, j'étais heureux de voir à quelle vitesse elle était devenue amie avec Zach. Elle souriait et parlait avec vivacité. C'était comme si elle était une personne complètement différente de celle qu'elle était avant. Cela remplissait mon cœur de joie de la voir comme ça.

Je me suis battu avec mes instincts qui me disaient de la réclamer. C'était de plus en plus difficile avec chaque heure qui passait. J'ai pris un verre de vin de sang pour essayer de calmer la bête en moi. C'étais le sombre héritage des vampires qui grondait en moi de temps en temps, me demandant de réclamer la femme que j'aimais. Cela me rendait fou. Je savais qu'elle était ma compagne. J'espérais qu'elle ressentait la même chose pour moi.

Bianca, Steven, Arius, et Elashor sont entrés dans la pièce. Arius portait une grosse boîte.

« Salut tout le monde ! » dit Bianca, joyeusement.

J'ai répondu , « Bon retour ! »

« Comment s'est passé l'entraînement ? » a demandé Eshenesra.

« Super ! Iain a dit que je suis prête. »

C'était une bonne nouvelle. Je savais que nous devions partir bientôt. Et d'après ce que Zach m'avait dit, ce ne serait pas un combat facile.

« C'est quoi cette grosse boîte ? » a demandé Zach.

Un son métallique a résonné quand Arius a posé la boîte sur le sol. Il a souri, en nous regardant.

« Kõrvits envoie ses salutations. »

Il a ouvert la boîte et en a sorti une petite machine.

J'ai demandé avec curiosité, « Qu'est-ce que c'est ? »

La boîte en contenait des dizaines. J'en ai pris un dans ma main. Il était à peu près de la taille de ma main. Il avait des hélices sur le dessus et portait des flèches.

Arius répondit : « Kõrvits appelait cela un warkot. C'est une machine volante qui crache des flèches sur les ennemis. »

J'ai regardé la machine dans ma main, impressionné.

Je me suis exclamé : « C'est incroyable ! Il en avait dans son magasin ? »

Elashor a hoché la tête. « Tu te souviens quand il a dit qu'il avait l'habitude de voyager avec ses amis ? C'était l'un des types de robots qu'il avait l'habitude de fabriquer. Il en avait un paquet qui traînait dans une boîte. »

Steven a ajouté : « Lorsque nous lui avons dit que nous devions combattre un démon, il a immédiatement insisté pour que nous les prenions. »

« Surtout après que je lui ai dit à quel point j'aimais le coucou de poche qu'il m'a offert », a ajouté Elashor en souriant.

« Et vous ? » a demandé Arius.

Zach a sorti la fiole de poison de sa poche.

« Eshenesra nous a amené au marché clandestin. Nous avons obtenu ce poison. »

Tout le monde a regardé la fiole noire.

« C'est censé être très puissant », a ajouté Zach.

« Cela sera sûrement utile », dit Bianca.

Au moment où nous parlions, le sol a tremblé, faisant vaciller les lustres et déstabilisant les cadres. Nous nous sommes tous regardés, en nous demandant ce qui venait de se passer. Les gardes du château sont entrés dans la pièce, à la recherche de ce qui pourrait menacer le château.

« Qu'est-ce que c'était que ça ? » a demandé Bianca.

Arius était sur le point de dire quelque chose quand un portail s'est ouvert. Iain en est sorti, inquiet.

« J'ai senti une forte vague magique venant de l'Ouest. J'ai pensé que je devais venir vous voir. »

« Nous étions juste en train d'en parler », a répondu Bianca.

« Le château est en danger », dit Arius d'un ton sérieux.

« Ce château ? » demanda Eshenesra, inquiète. J'ai attrapé sa main et l'ai serrée.

« Non, » répondit Arius. « Le château des vampires est en danger. C'est une ancienne magie de protection cachée dans le château. Elle n'est censée être utilisée qu'en cas de dernier recours. »

Eshenesra semblait soulagée par sa réponse. Le château elfique était sa maison. Du moins, il l'était, mais elle ne le savait pas encore.

« Nous devons retourner à mon château, et vite ! » déclara Arius.

Il était sur le point de partir quand Iain l'a arrêté.

« Laisse-moi venir avec toi. Je peux ouvrir un portail vers le château. Ce sera plus rapide que d'y aller à pied. »

Arius a souri au mage.

« Ce serait formidable ! Mais nous n'avons aucune idée de ce qui nous attend. Es-tu sérieusement prêt à mettre ta vie en danger sans savoir ce que nous allons affronter ? »

Iain lui a fait un signe de tête. « Bien sûr. Ça a l'air amusant ! »

« Ok, alors ouvre un portail pour qu'on puisse traverser. »

Elashor a ajouté, « Ne pense même pas à partir sans moi ! »

Arius s'est tourné vers elle et a souri, « Je n'oserais pas, mon amour. » Il l'a embrassé tendrement.

J'étais déchiré. En tant que garde loyal de Damien, je me sentais obligé de retourner au château pour aider. Mais en même temps, je ne voulais pas quitter Eshenesra. Et il y avait toujours cette question de combattre Will.

J'ai regardé Eshenesra, puis Arius, qui me souriait.

Il m'a fait un sourire. « Tu devrais rester ici, Blake. Aide à la lutte contre le démon. Je vais protéger le château avec Damien. »

Le soulagement m'a envahi à ces mots. Le sourire en coin qu'il avait sur le visage me laissait penser qu'il soupçonnait quelque chose à propos d'Eshenesra et moi. Je ne pouvais pas lui dire combien j'étais reconnaissant. J'ai seulement incliné ma tête. « Comme vous le souhaitez, mon prince. »

Zach leur a dit : « S'il vous plaît, faites attention à vous » Ils ont tous les trois hoché la tête avant de franchir le portail.

J'ai observé tout le monde. Il était temps que nous nous préparions pour notre voyage. J'ai dit à haute voix ce que tout le monde pensait. « Nous devrions y aller aussi. Mettons fin à cette guerre. »

Ils m'ont tous fait un signe de tête, mais les yeux d'Eshenesra se sont assombris. Elle avait l'air triste. C'est alors que j'ai réalisé que je devais lui dire. Mais avant que je puisse le faire, un serviteur du château m'a interrompu.

« Mlle Eshenesra ? Le roi et la reine souhaitent vous voir, maintenant. »

Elle a tourné la tête vers moi. « Tu ne vas pas partir avant que j'aie la chance de te dire au revoir, n'est-ce pas ? »

J'ai souri. « Ne t'inquiète pas pour ça. »

Elle a souri, soulagée, et a suivi le serviteur jusqu'à la salle du trône. J'ai souri. Je savais ce que le roi et la reine étaient sur le point de lui dire.

« Comment on va transporter ça ? » demanda Zach, en montrant la boîte du robot volant.

« Je suppose que nous pourrions les répartir entre les sacs sur nos chevaux », a proposé Steven.

« Bonne idée », ai-je répondu.

Nous avons préparé les sacs et les fournitures pour le voyage à venir et les avons attachés aux chevaux.

Chapitre 12 (Blake)

Précieuse

Eshenesra est venue nous rejoindre quelques minutes plus tard. Elle avait l'air choquée. J'ai attrapé sa main doucement.

J'ai demandé gentiment : « Qu'est-ce qui se passe ? »

Elle m'a fixé dans les yeux.

« Le roi et la reine... Ils ont dit que je devais venir avec vous. »

J'ai souri à ses mots. Donc, ils ne lui ont pas dit que j'étais celui qui avait demandé qu'elle vienne avec moi. J'espérais qu'ils ne lui diraient pas. Je voulais qu'ils gardent notre conversation privée.

Quand je leur ai demandé si elle pouvait venir avec moi, ils m'ont demandé pourquoi. Ils étaient horrifiés quand je leur ai dit comment Scalanis la traitait. Ils n'avaient aucune idée qu'il la battait. Ils pensaient seulement qu'il était dur avec elle, de temps en temps, mais jamais que c'était si grave. Ils ont immédiatement accepté ma demande, promettant de s'assurer que Scalanis ne batte plus personne. Scalanis a été rétrogradé, et devait maintenant suivre les ordres d'un autre. Ils avaient déjà nommé un nouveau chef pour les quartiers des domestiques. Cela ne changerait pas ce qu'il a fait à Eshenesra, mais c'était satisfaisant de savoir qu'il n'était plus en charge. Bien sûr, si ça ne tenait qu'à moi, je lui aurais fait bien pire.

J'ai souri à Eshenesra.

« Je suis heureux qu'ils t'aient demandé de venir avec nous. »

Elle a souri en retour. « Je suis un peu choquée, mais je suis heureuse aussi. »

J'ai fait un geste vers elle. « Nous n'avons pas assez de chevaux pour tout le monde. Tu devrais monter sur mon cheval avec moi. Est-ce que ça te convient ? » Elle m'a étudié un moment, puis a hoché la tête.

Je l'ai aidée à monter sur mon cheval, puis je me suis assis derrière elle. La sensation de l'avoir si proche de moi me rendait fou. La chaleur de son corps contre le mien était comme un paradis.

Elle a posé son dos contre ma poitrine alors que nous commencions à avancer. Le mouvement du cheval faisait balancer ses hanches d'une manière sensuelle, me donnant envie d'elle. Son cou était si près de moi que je pouvais presque effleurer sa peau avec mes dents, sentir ses veines battre au rythme du sang. Elle était alléchante, et je luttais pour lui résister. Son irrésistible parfum de pêches et d'épices était enivrant. Je devais combattre mes instincts vampiriques qui voulaient prendre le contrôle de moi.

Il nous faudrait quelques jours pour arriver à Darton Castle. Je n'avais jamais imaginé quelle douce torture seraient ces jours de voyage. L'avoir si près de moi, mais hors de portée. Mon coeur s'emballait pour cette douce tentatrice, ma fleur ardente de désir. J'avais besoin de me calmer et de contrôler mes instincts. Je ne pouvais pas me permettre de la prendre devant tout le monde.

« Je ne comprends toujours pas pourquoi le roi et la reine m'ont demandé de venir avec vous. »
Mon cœur battait vite. Je ne savais pas comment lui dire. Serait-elle heureuse, ou me détesterait-elle de l'avoir éloignée de sa vie au château ? Je ne lui avais même pas demandé si elle voulait venir avec moi.

« Eh bien, je dois avouer que c'est à cause de moi. »
« Quoi? »
« C'est à cause de moi que le roi et la reine t'ont demandé de venir avec moi. »
Elle a tourné la tête pour me regarder avec de grands yeux tandis que le cheval continuait à marcher. « Pourquoi ? »

Je ne voulais pas lui dire que j'avais parlé du fait que Scalanis la battait. J'étais sûr qu'elle ne serait pas d'accord avec ça. Mais je ne pouvais pas rester sans rien faire, sachant comment elle était traitée au châter. Ça, et le fait que je l'aimais, et que je ne pouvais pas supporter l'idée de la perdre. Pourtant, d'une certaine manière, je ne savais pas comment lui exprimer mes sentiments. Je n'ai jamais vécu quelque chose comme ça. Un combat à l'épée était tellement plus facile. Je me sentais perdu, ne sachant que faire de ces émotions qui me submergeaient.

La chose la plus simple que je pouvais faire était de trouver une explication stupide. « Je leur ai dit que je voulais bien manger pendant notre voyage. »

J'ai regretté d'avoir dit ça au moment où les mots sont sortis. C'était stupide, mais c'est la première idée qui m'est venue à l'esprit. Le regard de déception sur son visage a fait sombrer mon cœur. « Oh... C'est tout ? Tu voulais bien manger pendant ton voyage ? »

Elle avait l'air blessé, et je me sentais comme le pire des idiots. Mon cœur martelait dans ma poitrine. J'avais besoin d'être honnête sur ce que je ressentais avec elle.

« La vérité est que je ne pouvais même pas penser à partir sans toi. Je suis désolé. C'était égoïste. J'espère que tu pourras me pardonner. Je n'ai pensé qu'à mes sentiments, et au fait que j'ai besoin de t'avoir près de moi. Je ne pouvais pas supporter d'être sans toi. »

Elle m'a fixé avec de grands yeux. Ces secondes de silence m'ont paru une éternité. J'attendais anxieusement sa réponse. Finalement, elle a souri et s'est blottie contre moi. Un sentiment de

soulagement m'a envahi quand elle a murmuré :
« Merci. »

Je l'ai entourée de mes bras tout en tenant la bride du cheval. Mon cœur battait la chamade dans ma poitrine. Elle était trop tentante. Je me suis penché en avant et j'ai embrassé son cou, mes lèvres s'attardant sur sa peau. Elle a tourné la tête vers moi, en souriant. Elle a fermé les yeux quand ses lèvres ont rencontré les miennes, sa main s'est posée sur ma poitrine. Un grondement profond a résonné dans ma poitrine.

Elle a murmuré : « J'avais tellement peur que tu partes et que je ne te revoie plus jamais. »

Rien que le fait d'y penser était insupportable. Je l'ai serrée dans mes bras. « Je ne pourrais jamais faire ça ! »

Nous avons roulé en silence pendant un moment. Je pouvais sentir l'odeur de la mort quand nous passions les villages. L'armée du démon était partie. Il n'y avait plus rien. Les maisons étaient détruites, les fermes brûlées. Tout avait été détruit. Ils ont probablement continué à combattre la ville suivante. C'était un triste spectacle.

Les quelques survivants fouillaient les décombres, essayant de trouver quelque chose à sauver du carnage. À certains endroits, de gros tas de cadavres brûlaient. L'odeur était nauséabonde, quelque chose comme du cuir tanné à la flamme avec un soupçon de cuivre et de soufre. L'odeur était si épaisse et riche que je pouvais presque la goûter.

Nous avons décidé de nous éloigner des routes principales et de retourner dans les bois. Nous voulions éviter à tout prix de rencontrer l'armée du démon. Notre objectif était d'atteindre Eurynomos aussi vite que possible et de mettre fin à ce carnage.

Pendant qu'on chevauchait, un gros dragon a volé au-dessus de nos têtes. Il était si bas que le vent de ses ailes arrachait les feuilles des arbres. Nous nous sommes arrêtés un moment pour admirer la magnificence de la bête. Un homme était monté sur son dos. Je l'ai entendu crier : « Plus haut, Sozar. Nous devons aller à Eiyrặl. » Le dragon a battu des ailes à plusieurs reprises, gagnant en altitude, volant rapidement dans les airs. Bientôt, ils étaient assez loin pour qu'on puisse penser que ce n'était qu'un énorme oiseau.

Nous sommes bientôt arrivés à l'orée des bois. Plus loin, nous pouvions voir des plaines, puis un pont.

« Nous devrions établir un camp ici pour la nuit », a déclaré Zach.

« Nous pourrions encore rouler pendant une heure ou deux », a soutenu Steven.

« C'est vrai, mais il serait plus sûr de camper dans les bois plutôt que dans les plaines. »

Il avait raison. Nous sommes descendus de nos chevaux et avons monté le camp. Le roi et la reine des elfes nous avaient donné beaucoup de provisions. J'avais déjà mangé le souper, mais Bianca et Steven n'en avaient pas eu l'occasion avant notre départ. Nous avons parlé autour du feu pendant que Bianca et Steven mangeaient. Eshenesra se blottissait contre moi, et je ne pouvais pas être plus heureux. Il était déjà tard, alors nous avons décidé de se coucher tôt.

Alors que j'étais allongé dans ma tente avec Eshenesra, je n'arrivais pas à m'endormir. C'était trop pour moi. Je ne pouvais plus lutter contre ça. J'avais besoin de la réclamer. C'était une envie, si forte, que je ne pouvais la retenir plus longtemps.
Je pouvais sentir qu'elle ne dormait pas non plus.
J'ai murmuré d'une voix rauque, « Eshenesra, il y a quelque chose que je dois te dire. »
Ses yeux jaunes brillaient dans l'obscurité alors qu'elle se retournait pour me fixer.
« Oui, Blake? »
Sa voix était douce et mélodieuse.
« J'ai tellement essayé de le combattre, mais ça ne sert à rien. »
« Combattre quoi? »
J'ai avalé ma salive nerveusement.
« De combattre ces sentiments que j'ai pour toi. Mais je ne peux pas ! J'ai besoin de le dire. »
Elle a supplié, « S'il vous plaît, non ! »
J'ai levé les yeux vers elle, surpris, « Pourquoi ? »
Sa voix n'était qu'un murmure, « Parce que si tu me laisses, je serai blessée. »
Mon cœur s'est effondré à ces mots.
« Eshenesra, je ne te quitterai jamais. Ne vois-tu pas ? Tu es le feu qui alimente mon âme. Tu es mon âme sœur. Je serai avec toi, pour toujours. »
Je pouvais entendre les battements de cœur d'Eshenesra augmenter.
« Ton... âme sœur ? »

« Oui, ma compagne. Celle qui a été faite spécialement pour moi, comme j'ai été fait pour toi. Je serai à toi pour toujours. »

Ses yeux ont fouillé mon âme, son cœur s'est synchronisé avec le mien.

« Le promets-tu? »

J'ai hoché la tête, en la regardant droit dans les yeux.

« Je t'aime. Je t'aime plus que les mots ne peuvent l'exprimer, Eshenesra. »

Elle a souri.

« Je t'aime aussi, Blake. »

Ces mots étaient trop beaux pour être vrais. Comme une confession sincère prononcée après avoir été gardée secrète pendant trop longtemps.

Mes lèvres ont dévoré les siennes avec passion tandis que je caressais doucement son corps. Son corps répondait au mien, ses hanches se balançant doucement contre le mien.

Je lui ai demandé, à bout de souffle, « S'il te plaît, me laisseras-tu te réclamer ? »

« Me réclamer ? Qu'est-ce que ça veut dire ? »

« C'est quelque chose que nous, les vampires, faisons. Ça veut dire... Ça veut dire que je peux partager mes sentiments les plus profonds avec toi. De t'aimer, corps et âme. De te faire l'amour... et de boire ton sang. »

L'inquiétude a brillé dans ses yeux.

« Tu veux boire mon sang ? »

« J'ai tellement envie de toi. Ça me fait mal. Mais ne t'inquiète pas, je ne te ferai pas de mal. Je vais seulement en boire un peu. Je te jure que ça ne te fera pas mal. »

Je pouvais voir qu'elle se demandait si elle devait le faire ou pas.

« Es-tu certain que ça ne fera pas mal ? »

« Positif. Cette morsure va sceller le lien entre nous. Tu seras à moi, comme je suis à toi. Je te promets que tu vas aimer ça. »

Elle a souri.

« Ça a l'air magnifique. »

« Bien sûr. Je ne veux pas te forcer. C'est le lien le plus intime que les vampires peuvent partager. Nos âmes seront tissées ensemble pour toujours. Nous pourrions même être en mesure de partager nos pensées. »

Au lieu de répondre, Eshenesra a commencé à m'embrasser, son bijou brillant sur sa poitrine. Son baiser était passionné et rempli de désir, nos langues dansaient ensemble. Un ronronnement profond s'est échappé de ma poitrine lorsque ses mains ont commencé à parcourir mon corps. Ses mains étaient si chaudes comparé à moi. Un gémissement s'est échappé de mes lèvres. J'avais envie de ça depuis si longtemps, je luttais pour garder mes instincts sous contrôle.

J'ai pris une profonde inspiration de son parfum de pêche et d'épices. Elle était mon paradis. J'ai légèrement mordu sa lèvre inférieure, ce qui a provoqué un petit gémissement de sa part. Sa voix sonnait comme la plus douce des musiques à mes oreilles. Un feu s'est allumé en moi lorsque mes doigts ont effleuré sa peau douce.

Je me suis mis sur elle et j'ai commencé à enlever ses vêtements, embrassant chaque centimètre de son corps. Ses gémissements étaient mon guide pour savoir exactement où et comment la toucher. L'odeur de son excitation me faisait bander.

« Hm... Blake », a-t-elle gémi sensuellement alors que je frottais mon doigt sur son clito.

Je l'ai embrassée tout en continuant mes efforts, l'amenant au bord du précipice, ses jambes tremblantes. C'était le plus beau spectacle qui soit, de voir la femme que j'aimais s'épanouir sous mon contact.

« S'il te plaît, prends-moi », a-t-elle supplié.

J'ai souri ; elle n'aurait pas à me le demander deux fois. J'ai enlevé mes vêtements. Elle me dévorait des yeux, et j'avais hâte de lui donner ce qu'elle voulait.

Elle était mouillée par son orgasme précédent. Je me suis aligné avec elle et j'ai commencé à la pénétrer. Je n'ai pas pu retenir un gémissement tant elle était serrée et chaude autour de moi.

Mes instincts se sont vite emparés de moi, me poussant à la faire mienne.

J'ai léché la peau de son cou, et mes crocs ont grandi. Je pouvais facilement sentir son sang battre dans ses veines. Elle a arqué son dos et enfoncé ses ongles dans mon dos pendant que je la mordais. J'ai perdu le contrôle de mon corps au moment où son sang a touché ma langue. C'était le nectar le plus doux et le plus parfait que j'avais jamais bu. Ses gémissements se sont intensifiés, et elle a crié « Oui ! » alors que je buvais son sang.

Je pouvais sentir son plaisir, à l'intérieur et à l'extérieur. Je me noyais dans un océan de bonheur. J'étais perdu en elle, et je ne voulais plus jamais revenir.

J'ai poussé plus fort et bientôt j'ai senti ses murs vibrer autour de moi. J'ai tenu ses hanches pendant que je poussais encore quelques fois plus profondément, tremblant quand je suis venu à mon tour. J'ai lentement retiré mes crocs de son cou, laissant ma langue s'attarder sur l'endroit pour soigner la blessure.

Quand j'ai enfin regardé dans ses yeux, j'ai pu y voir mon avenir. Elle souriait d'une façon que je ne lui avais encore jamais vue. Le bijou sur sa poitrine brillait et palpitait.

« Blake, c'était... incroyable ! » m'a-t-elle chuchoté.

Je n'ai pas pu m'empêcher d'être fier de ses paroles.

« Eshenesra, tu es la seule pour moi. Tu es mon paradis, le feu qui illumine mon âme. Je serai toujours là pour toi. »

Elle a souri. « Je sais. Je pouvais tout sentir quand tu m'as mordu. »

J'étais content qu'elle ait pu le sentir.

« Alors ça veut dire que le lien fonctionne. »

Elle a pointé du doigt le bijou, qui pulsait toujours, dans sa poitrine.

« Je peux te sentir à l'intérieur de moi, ici. »

J'ai souri et j'ai mis ma main sur son bijou palpitant. Il était chaud au toucher.

« C'est bien. Comme ça, tu ne te sentiras plus jamais seule. »

Quand je l'ai mordue à travers notre lien, j'ai ressenti toute sa tristesse et ses soucis passés. J'avais vu combien elle avait été seule. Combien elle était vulnérable quand elle était battue. J'étais heureux de savoir qu'elle ne se sentirait plus comme ça. Je ferais en sorte de remplir ses journées de joie autant que je le pourrais.

« Je t'aime », a chuchoté Eshenesra dans mon esprit.

Ses yeux se sont élargis en réalisant qu'elle avait parlé dans mon esprit.

« Notre lien ne fera que se renforcer avec le temps », ai-je murmuré dans son esprit.

J'ai embrassé ses douces lèvres une autre fois. Je n'arrivais pas à croire à quel point cette femme était précieuse pour moi.

J'ai murmuré doucement : « Je t'aime, mon petit ange. »

Elle s'est blottie dans mes bras, son souffle chaud effleurant ma poitrine alors que nous nous endormions.

************ PDV de Kate ************

Alors que nous marchions vers le château, nous avons entendu un grand bruit. Les soldats se sont regroupés alors qu'un portail s'ouvrait dans l'air dans la cour du château. Arius, Elashor et un homme elfe vêtu d'une robe de mage en sont sortis.

« Arius ? Elashor ? Que faites-vous ici ? » J'ai demandé avec incrédulité.

« Vous avez activé l'ancienne magie du château. Je savais que vous aviez besoin d'aide », a déclaré Arius.

Damien a souri. « Je savais que je pouvais compter sur toi, mon frère. »

Les deux se sont embrassés. Arius nous a présenté le mage.

« Damien, Kate, voici Iain. C'est le grand mage de la guilde de la magie. »

J'ai sursauté à ses mots. « Tu veux dire ? »

Il a hoché la tête. « C'est exact. C'est lui qui a formé Bianca. »

Ma soeur ! Comme elle me manquait. J'avais l'impression de ne pas l'avoir vue depuis une éternité.

« Dites-moi, comment va-t-elle ? »

Iain a eu un sourire mystérieux en répondant : « Elle est prête. »

Cela signifiait qu'elle était probablement en route pour combattre Eurynomos. Ou peut-être qu'elle y était déjà. Un noeud s'est formé dans mon estomac à la pensée de ma soeur combattant ce démon. Je savais qu'elle était la fille de la Déesse de la Lune. Je savais qu'elle était forte. Mais j'avais quand même peur.

Arius avait un air inquiet sur le visage.

« Nous avons aussi... fait une rencontre... avec Will. »

J'ai demandé : « Une rencontre ? Qu'est-ce que tu veux dire ? »

Elashor lui a lancé un regard pendant une seconde avant de parler davantage.

« Il... s'est rangé du côté du démon. »

Attends quoi ? Est-ce que j'ai bien entendu ? Ce n'était pas possible ! « Je ne peux pas le croire ! Le démon a tué sa compagne ! C'est impossible. »

Elashor a hoché tristement la tête.

Arius a répondu : « Nous nous sommes battus avec lui. Il est très puissant maintenant qu'il a fusionné avec le démon. Il nous a gravement blessés. Nous avons été sauvés par les potions de la guilde magique. »

Je suis tombée à genoux, les larmes coulant sur mes joues. Mon monde s'est écroulé. Comment mon frère avait-il pu fusionner avec un terrible démon ? Surtout celui qui avait tué sa compagne ? Cela ne faisait aucun sens !

Damien m'a attiré dans ses bras. Enveloppée de son amour, j'ai laissé couler mes larmes. Je ne pouvais pas croire ce que mon frère avait fait. Pourtant, c'était vrai.

Will était si fort en tant qu'Alpha. Je ne pouvais même pas imaginer à quel point il était fort maintenant qu'il avait fusionné avec Eurynomos.

J'ai chuchoté à Damien : « Tu crois qu'ils vont s'en sortir ? »

Ses yeux gris fixaient les miens.

« Bianca et Steven ? Bien sûr que oui ! N'oublie pas que Blake et Zach sont là avec eux aussi. »

Arius a ajouté, « Eshenesra aussi. »

Nous nous sommes tous tournés vers lui. Damien a demandé, « Eshenesra ? »

Arius a hoché la tête et a souri. « Oui. C'est la compagne de Blake. Enfin, il ne l'a pas dit, mais c'est évident. »

Donc, ils étaient cinq... mais j'avais toujours peur que Will soit plus fort qu'eux.

« Je pense que nous devrions leur envoyer les dragons. »

Ils m'ont tous regardé.

J'ai continué : « Je pense qu'ils en ont plus besoin que nous. Ils seront utiles pour lutter contre le démon. »

Damien a déposé un doux baiser sur mes lèvres, mettant le feu à mon cœur.

« Comme tu le souhaite, ma sage reine. »

J'ai souri et je l'ai embrassé en retour. Il était ma force, ma confiance. Je l'aimais de tout mon être.

Je me suis dirigée vers les dragons. Ladon a levé une de ses têtes, me regardant fixement alors que je m'approchais. Je me suis approché de lui, le regardant fixement. Je ne savais pas comment parler à un dragon. Je n'étais pas sûre qu'ils me comprendraient. Ma louve a commencé à s'agiter en moi, et je pouvais sentir qu'elle essayait de parler au dragon.

Doucement, j'ai chuchoté, « S'il te plaît, tu dois rejoindre Bianca et les autres. Tu dois les aider à combattre le démon. »

Il y a eu un moment d'hésitation. Je pouvais sentir mon loup parler avec le dragon. Je pouvais le comprendre clairement. Will était l'Alpha de Ladon. Il voulait obéir à Will, et à personne d'autre. Mon loup lui a expliqué que Will s'était rangé du côté du démon. Il n'était plus son maître. Nous avions besoin de son aide si nous voulions essayer de sauver mon frère du démon. Après un moment, Ladon a semblé accepter ma demande.

Il s'est levé et a grogné fort en direction des autres dragons. Ils se sont tous levés et ont grogné en réponse à leur chef. Ladon s'est tourné vers moi et a hoché la tête. Ensemble, ils se sont envolés vers le ciel et ont commencé à se diriger vers le nord-est.

Je n'avais aucune idée de comment ils seraient capables de savoir où trouver Bianca. J'espérais seulement que leurs instincts ou leur magie les guideraient.

Quand j'ai rejoint les autres, ils parlaient avec animation. Damien donnait des ordres aux soldats dans la cour.

Je leur ai demandé, « Qu'est-ce qui se passe ? »

Damien a souri.

« Eh bien, nous devons encore nous occuper de cette tour, avant que la protection du château ne se dissipe. »

C'est vrai, j'avais presque oublié ça. Au moment où j'allais répondre quelque chose, j'ai ressenti une faiblesse. Je suis presque tombée par terre, mais Damien m'a rapidement relevée. Il m'a pris dans ses bras forts, me serrant avec amour.

« Tu vas bien, ma petite louve ? »

Sa voix était pleine d'inquiétude.

« Oui, je suis juste fatiguée, je suppose. Et affamée. »

« Dans ce cas, tu devrais peut-être rester au château pendant qu'on s'occupe de la tour. »

J'ai protesté : « Quoi ? Pas question ! Je veux venir avec vous ! »

Elashor m'a souri. « Je sais que tu veux venir. Mais tu devrais peut-être te reposer ? »

J'ai froncé les sourcils, toujours dans les bras de Damien.

« Si une autre vague nous frappe, rester au château est aussi dangereux que d'aller à la tour. De plus, je ne veux pas rester ici tout seule. »

Damien m'a observé. Je lui ai parlé mentalement : « Tu sais que je ne reculerai pas. »

Il soupira et répondit à travers notre lien : « Je sais, mais je m'inquiète pour toi, ma petite louve. »

« Ça va aller », ai-je répondu à voix haute.

Damien a pris un moment, puis a répondu : « D'accord, mais pas avant d'avoir mangé, et pas avant d'avoir obtenu une potion de résistance d'Elwin. »

Je lui ai fait un signe de tête. Une potion de résistance était probablement une bonne idée.

Nous sommes tous entrés dans le château et avons mangé un repas copieux. Je n'avais pas réalisé à quel point j'avais faim. Être enceinte me poussait à manger beaucoup plus que d'habitude. Je me suis sentie mieux après.

« Allons chercher une potion de résistance », a déclaré Arius. Quand nous sommes arrivés dans la cour, nous avons trouvé Elwin et Ravynne se tenant la main tendrement. C'était doux de voir leur amour s'épanouir.

« Eh bien, avez-vous vu ça ? » dit Arius. « Je n'ai jamais vu le vieux sorcier aussi heureux. Tant mieux pour eux ! »

Nous avons marché jusqu'à eux. « Elwin », a commencé Damien. « Nous avons besoin de potions de résistance. Une spécialement forte pour Kate. »

Elwin a incliné sa tête vers Damien. « Bien sûr, mon Seigneur. »

Nous l'avons suivi dans le château, jusqu'à son laboratoire. Il a fouillé dans ses coffres et a pris quelques fioles violettes. L'une d'entre elles était plus sombre que les autres.

« Voilà. » Il a tendu les potions à Damien. Puis il m'a tendu la plus sombre.

« Celui-ci est pour vous, ma reine. »

Iain a pris une des potions, l'étudiant attentivement.

« Très impressionnant, mon ami », a-t-il commenté.

Elwin a souri. « Peut-être devrions-nous inviter des mages au château plus souvent. Ce sont les seuls qui apprécient vraiment mon travail. »

Damien a ri de son commentaire. « Allons, mon ami. Crois-tu vraiment que nous n'apprécions pas ton travail ? »

Elwin a souri. « Non, bien sûr, je ne le crois pas. Je ne faisais que plaisanter. »

Damien a souri. « Tu peux inviter des mages au château comme tu le souhaites. Assure-toi simplement de m'en parler ou d'en parler à Kate, afin que nous soyons au courant. »

Elwin a incliné sa tête. « Merci, mon seigneur. »

Tout le monde a bu ses potions. J'ai enlevé le bouchon de la mienne. Ça sentait le vin vieilli. Mais je savais qu'elle ne contenait pas d'alcool. Je l'ai bu en une seule gorgée. J'ai dû me retenir de la recracher. Ça avait un goût affreux ! Comme du vin rouge chaud laissé sur un comptoir toute la journée. Mais je savais que c'était pour mon bien, alors j'ai tout avalé.

J'ai regardé tout le monde. Nous avions tous le même visage. Nous avons remercié Elwin pour les potions mais n'avons rien dit sur le goût. Elashor n'a parlé que lorsque nous avons quitté son laboratoire, en s'exclamant : « Eh bien... c'était quelque chose ! »

Nous avons tous ri de son commentaire. Nous n'avions pas besoin qu'elle en dise plus. Nous savions ce qu'elle voulait dire.

Chapitre 13 (Kate)

Armée noire

Nous sommes retournés dans la cour. Lilith donnait des instructions aux troupes.

Damien a appelé : « Lilith ! »

Elle est venu nous voir. « Oui, mon Seigneur. »

« Nous partons pour nous occuper de la tour à l'est. S'il vous plaît, protégez le château. »

Elle a mis une main sur son cœur. « Je ne vous décevrai pas. »

Damien a souri. « Je sais que tu ne le feras pas. »

Nous avons tous tourné la tête soudainement, quand un vieux vampire a atterri juste à côté de nous. Lilith a sorti son épée, mais Damien lui a fait signe de ne pas le faire.

Il a regardé le vampire et a demandé : « Tu n'es pas un de mes sujets. Qui es-tu ? »

J'ai été soulagée lorsque le vampire a incliné la tête, reconnaissant le rang de Damien.

« Veuillez excuser mon intrusion. J'ai été appelé ici par Cain. »

Damien a levé le sourcil. « Cain ? »

Un homme corpulent est venu vers nous, en souriant.

« Vlad ! Tu as réussi ! »

Le vampire a souri au loup-garou.

« Bien sûr, je suis venu dès que j'ai eu ton message. »

Je les ai regardés, confuse. « L'un d'entre vous va-t-il m'expliquer ce qui se passe ? »

« Bien sûr, votre Majesté », répondit le loup-garou. « Moi et Zarek, là-bas. Nous parlions, et j'ai pensé que nous aurions avantage à avoir plus d'aide. Alors j'ai envoyé un message à Vlad et je lui ai demandé de nous aider. »

Je les ai regardés. Ils voulaient seulement aider, et le vampire avait l'air d'être très puissant.

J'ai parlé à Damien dans notre lien d'âmes sœurs, « Qu'en penses-tu ? »

Il a répondu : « Tant qu'ils obéissent à notre général, cela ne me dérange pas d'avoir plus de gens pour nous aider. »

J'ai fait un signe de tête à Cain. « Merci d'avoir invité votre ami pour nous aider. »

Il a souri. « Il est bon pour aider tout le monde. Il nous aide toujours dans le groupe de soutien. »

Je n'étais pas sûre de ce qu'il entendait par groupe de soutien, mais tant qu'il aidait, ça me convenait.

Damien a ajouté : « J'attends de chacun d'entre vous qu'il obéisse aux ordres de notre général, Lilith, pendant mon absence. »

Vlad, Cain, Zarek, et tous les soldats ont fait signe qu'ils le feraient. Je me sentais en paix, laissant le château bien gardé.

Lorsque nous sommes sortis de la bulle de protection du château, des milliers de cadavres jonchaient le sol. Ils avaient probablement été tués par le sort que nous avions activé plus tôt. J'ai réprimé l'envie de vomir à cause de l'odeur putride qui se dégageait des cadavres en décomposition. Dans le ciel, la tour lançait des attaques magiques contre la bulle de protection. Elle émettait un bruit de zappement, et je pouvais voir la bulle s'illuminer à chaque attaque. Je me suis immédiatement sentie plus faible qu'à l'intérieur du château, mais la potion de résistance d'Elwin a atténué les effets de la tour sur moi. Damien a attrapé ma main, entrelaçant ses doigts avec les miens.

Il a parlé d'une voix forte alors que nous commencions à marcher vers l'est, « Hâtons-nous et débarrassons-nous de cette tour. »

*********** PDV d'Eshenesra ************

Je me suis réveillée dans les bras de Blake. Il dormait encore. Mon cœur battait la chamade à la pensée de ce qui s'était passé hier. Jamais de ma vie je ne me suis sentie aussi aimée. Quand il a bu mon sang, j'ai tout vu. J'ai vu sa vie d'humain, sa mort, et sa transformation. J'ai vu comment il a perdu tous ceux qu'il aimait, et comment il s'est construit une carapace. Plus important encore, j'ai senti à quel point il m'aimait. Il m'aimait tellement que sa carapace a volé en éclats quand il m'a rencontrée. Maintenant, il avait peur de me perdre, et il donnerait sa vie pour me protéger. Je n'avais aucun doute dans mon esprit, je voulais rester avec lui pour toujours.

Le bruit des autres parlant dehors est arrivé à notre tente. Nous devions nous lever bientôt et partir. Le voyage qui nous attendait me faisait peur. Mais nous étions une équipe maintenant. Je n'étais pas seule. Blake a commencé à remuer dans son sommeil. J'ai effleuré sa poitrine de mes doigts. Ses lèvres se sont retroussées et il a ouvert les yeux.

« Bonjour, ma belle compagne », a-t-il dit doucement.

J'ai embrassé ses délicieuses lèvres, nos langues dansant ensemble. Il a enroulé ses bras autour de moi, me rapprochant de lui.

« Hm... Tu es la plus délicieuse façon de se réveiller. »

J'ai souri à son commentaire. J'étais sur le point de répondre quand un bruit provenant de l'extérieur de la tente nous a atteint.

« Hé Steven, prépare le déjeuner pendant que je ramasse ma tente. »

J'ai soupiré et chuchoté à Blake, « Je suppose que nous devrions les rejoindre. »

Il a gloussé doucement, « Oui, je suppose que tu as raison. »

Nous nous sommes levés. J'ai espionné le corps nu de Blake pendant qu'il s'habillait. Il était si parfait ! Je pourrais l'admirer pendant des heures.

Il a souri. « Tu devrais maîtriser ces pensées, ou nous ne partirons jamais. »

J'ai rougi et me suis habillée rapidement. Il m'a embrassé une dernière fois avant que nous sortions de la tente.

« Bonjour, vous deux ! » dit Bianca, avec un grand sourire.

« Bonjour ! » J'ai répondu, avant de la rejoindre.

Blake a commencé à ramasser notre tente. Zach l'a rapidement rejoint pour l'aider. En un rien de temps, toutes les tentes étaient emballées. Les chevaux avaient du foin frais à manger pendant que nous prenions le déjeuner.

Le plan pour aujourd'hui était clair : traverser ce pont que nous avons vu hier et essayer d'atteindre le château où Will se cachait. Ce serait difficile. Après les bois, nous n'avions vu que des plaines et des terres agricoles. Cela signifiait que nous allions nous déplacer à découvert. Nous devions nous déplacer rapidement et espérer ne pas attirer trop d'attention. La tension était palpable alors que nous nous préparions pour le voyage qui nous attendait.

*********** PDV de Bianca ***********

Nous avons voyagé en silence. J'avais tant de questions en même temps. Arriverions-nous au château ce soir ? Comment mon frère réagirait-il en me voyant ? Pourrons-nous le sauver du démon ? Serais-je capable de combattre Eurynomos ? Et si Iain avait tort ? Et si je n'étais pas prête ? J'ai prié la Déesse de la Lune pour que je sois assez forte et qu'elle m'aide.

Les oiseaux s'envolaient alors que nous passions à proximité dans les plaines. Il y avait un silence étrange autour de nous. L'armée du démon était venue et avait tout tué. Il ne restait que quelques oiseaux, et ils se taisaient, de peur d'attirer les orcs. Les hautes herbes se balançaient dans le vent. Je retenais mon souffle quand, de temps en temps, quelque chose bougeait dans l'herbe sous la vibration des sabots des chevaux. Heureusement, c'était sûrement un serpent ou un rongeur qui s'enfuyait.

Nous sommes rapidement arrivés à un large pont en bois. Il semblait assez solide pour que nous puissions tous passer. De l'autre côté, il y avait des terres agricoles. Aucun ennemi n'était en vue.

« Allons-y en file indienne. Cela répartira le poids sur le pont », suggéra Steven.

Nous avons tous hoché la tête. Steven a été le premier à passé, et je l'ai suivi. Je fixais les eaux violentes de la rivière. Les vagues s'écrasaient contre les rochers comme si l'eau elle-même était en colère contre les événements à venir. Nous avons attendu que tout le monde ait traversé, puis nous nous sommes aventurés dans les terres agricoles. Le chemin était étroits, et nous pouvions déjà voir une autre rivière nous attendre de l'autre côté.

« Il n'y a pas de pont », ai-je déclaré.

Nous avons étudié les terres.

« Si nous allons vers l'ouest, nous finirons par rejoindre la meute », commenta Steven.

« C'est le contraire de ce que nous devons faire », a ajouté Blake.

Ce qui ne nous laissait que l'option d'aller vers l'est. Il y avait une ferme à l'est, mais maintenant il n'en restait que des ruines. Elle avait probablement été attaquée par l'armée du démon il y a quelques jours.

Nous nous sommes dirigés vers la ferme, en espérant trouver un moyen de traverser la rivière. En arrivant près du bâtiment brûlé, j'ai remarqué une petite maison faite de rochers et de boue. Elle n'avait même pas de porte d'entrée ou de fenêtres. Il y avait des trous pour permettre à quelqu'un d'entrer et de sortir de la maison.

J'ai chuchoté à Steven, « Tu penses que quelqu'un vit encore là-dedans ? »

« Quelqu'un pourrait-il vivre dans une maison aussi délabrée ? Elle n'a même pas de vrais murs. »

Au moment où nous sommes passés devant la maison, une vieille femme en est sortie. Ses cheveux blancs descendaient jusque dans le bas de son dos. Ses doigts étaient osseux, et on aurait dit qu'elle n'avait pas mangé correctement depuis longtemps. Quelque chose n'allait pas chez elle, mais je n'arrivais pas à mettre le doigt dessus.

« Eh bien, bonjour ! On n'a pas beaucoup de visiteurs par ici. »

Sa voix était aiguë. Elle avait l'air frêle, mais les poils de ma nuque se dressaient quand même. Je pouvais sentir que le loup de Steven se sentait mal à l'aise à travers notre lien.

« Ravie de vous rencontrer », ai-je répondu poliment.

« L'un de vous, jeunes hommes, pourrait-il aider une vieille dame ? »

« Bien sûr », a répondu Blake en descendant de son cheval. « Que puis-je faire pour vous aider ? »

Alors qu'il demandait cela, la tête de la vieille dame s'est inclinée sur le côté, et ses yeux sont devenus vides. Elle a hurlé et a sauté sur Blake, tous ongles dehors, essayant de le mordre. Nous sommes descendus de nos chevaux pour essayer de l'aider, mais il n'avait pas besoin de notre aide. Dans une grande poussée, il l'a repoussé.

« Qu'est-ce qui ne va pas chez elle ? », a-t-il crié.

Nous avons essayé de l'approcher, mais elle a commencé à parler dans une langue que nous ne connaissions pas, du sang noir s'écoulant de sa bouche. Comme elle le faisait, une énergie sombre l'a entourée, la poussière s'est soulevée du sol.

Zach a crié : « Elle a été contaminée par du sang de démon ! Soyez prudent. Elle pourrait invoquer les morts pour se battre. »

Au moment où il a dit cela, quatre corps ont surgi du sol. Ils avaient été mutilés et il manquait même un bras à l'un d'entre eux. Mais cela ne semblait pas entraver leur volonté de se battre.

Le cheval d'Eshenesra hennit de peur et se cabra sur ses pattes arrières. Eshenesra a tiré sur les rênes et a réussi à faire redescendre le cheval. Tous les chevaux étaient nerveux à cause des cadavres qui commençaient à marcher vers eux.

Eshenesra a crié à travers le chaos, « Je vais m'éloigner un peu avec les chevaux, pour qu'ils ne s'enfuient pas. »

Zach a commencé à combattre un des corps avec ses griffes acérées, et à en attaquer un autre avec son épée lévitante préférée. Steven et moi avons chacun pris un des corps. Pendant ce temps, Blake essayait de pousser à travers le vent noir pour atteindre la vieille dame. Une silhouette sombre s'élevait maintenant lentement du sol. Une aura de puissance pouvait être ressentie jusqu'à moi ; ça ne pouvait pas être bon.

J'ai crié à Blake : « Ne la laisse pas finir son sort ! »

Le corps animé n'était pas rapide, mais j'étais surprise par sa force. J'ai invoqué une flamme et mis le feu à celui que je combattais. Mon nez a tressailli à l'odeur de la chair brûlée. J'ai regardé avec satisfaction le corps brûler, la chair devenant noire, avant qu'il ne tombe sur le sol. Au moment où je m'apprêtais à brûler les autres corps, celui que je venais de « tuer » s'est relevé.

J'ai crié aux autres : « Ça ne marche pas! Vous les tuez, et ils se relèvent ! »

Zach a répondu : « Oui, j'ai remarqué ! J'ai coupé la tête du mien, mais il l'a remise. Il faut que la vieille femme soit morte. »

J'ai crié à Blake, « Nous allons garder les corps occupés ! Dépêche-toi ! »

Il a répondu en criant : « J'essaie ! »

Le mur d'énergie noire autour de la femme était épais. Blake luttait pour entrer à l'intérieur. La silhouette de l'ombre était maintenant plus grande, et je craignais le moment où elle serait pleinement invoquée.

Hurlant à l'agonie, Blake a finalement ré-ussi à percer le mur d'énergie noire. Il a sauté sur la vieille dame, perturbant son sort. Elle s'est débattue pour que Blake l'abandonne, mais il ne l'a pas lais-sée gagner si facilement. Blake a saisi son épée et l'a frappée avec force au cou. Elle a écarquillé les yeux quand, d'un seul coup, il lui a coupé la tête, sa bouche restant figée dans une expression de sur-prise pour toujours.

Le vent noir s'est soudainement éteint. Un sentiment de soulagement m'a envahi lorsque la silhouette qui était invoquée a disparu.

Le corps de la vieille dame a commencé à brûler de flammes noires, consumé par les ténèbres du démon qui l'avait souillée. J'ai tourné la tête quand j'ai entendu un bruit de pierres qui tombaient. La maison où vivait la vieille dame s'est soudainement effondrée sur elle-même et est devenue un tas de roches.

Nous sommes tous restés là, à reprendre notre souffle.

« Eh bien, je ne m'attendais sûrement pas à ça ! » s'exclama Blake. « Je réfléchirai à deux fois avant d'aider une vieille dame. »

Nous avons tous ri de son commentaire.

« Tu ne pouvais pas savoir qu'elle était possédée », lui ai-je dit.

Il a fait un clin d'œil, « Vrai. »

« Hé ! Regardez ça ! » a crié Eshenesra.

Nous nous sommes tous retournés pour regarder ce qu'Eshenesra désignait. Au nord-est, au-delà de la ferme brûlée, se trouvait un pont. Une étrange aura en émanait. Il était haut et fait de roches sombres. Certains d'entre elles flottaient dans l'air, comme si elles étaient maintenues en place par une puissance sombre. Le simple fait de regarder le pont m'a donné des frissons. Le pont montait vers une montagne où se trouvait un château. Le château où Will résidait. Le château était sombre, avec de hautes tours. Même s'il semblait abandonné, je voyais des succubes le survoler.

Nous avons tous commencé à marcher vers le pont. Un grognement a résonné dans l'air. J'ai levé les yeux et j'ai vu des dragons venir vers nous.

« Ils sont de retour ! » dit Blake avec joie.

Ladon volait près de Clara, prenant la tête, protégeant son amoureuse avec son corps. Les trois autres dragons les suivaient.

J'ai demandé, incrédule : « Que font-ils ici ? »

Blake a souri. « Je suppose qu'ils sont venus pour aider. »

Zach a suggéré : « Peut-être que Ladon veut sauver son maître. »

J'étais pleine d'espoir à ces mots. Je me suis murmuré à moi-même : « Nous allons te sauver, Will. »

Nous avons continué notre chemin vers le pont, les dragons volant près de nous. Ensemble, nous formions une équipe solide. J'étais plus confiante que jamais que nous allions sauver mon frère.

Le pont était long et pentu, mais nous sommes arrivés à l'autre bout de celui-ci. Rien qu'en étant près du château, on pouvait sentir une énergie maléfique. Will était sûrement là, car le château était très protégé. Des gargouilles et des succubes protégeaient l'air. Devant le château se trouvait une horde d'orcs, de centaures et de démons inférieurs. Des mages gobelins semblaient jeter des sorts. Un fil d'énergie sombre semblait relier le château à une tour qui avait surgi au sud-ouest. Un fossé rempli de pieux aiguisés obligeait tout le monde à entrer dans le château par le seul chemin rocheux. Une bulle d'énergie semblait encercler le château.

« Qu'est-ce que c'est ? » a demandé Blake.

J'ai prudemment fait un pas sur le chemin et suis entré dans la bulle. Dès que je l'ai fait, j'ai pu sentir ma magie se vider. Paniquée, j'ai fait un pas en arrière.

« Ça absorbe les pouvoirs magiques. Je ne peux pas utiliser la magie à l'intérieur de cette bulle. »

Blake a juré. Zach a pointé du doigt les gobelins. « C'est probablement lancé par ces mages. »

*********** PDV d'Eshenesra ***********

« Comment allons-nous les vaincre ? » a demandé Bianca. « Je ne peux pas entrer là-dedans. »

« Nous non plus », a ajouté Zach. « Blake et moi avons tous les deux de la magie. »

« Eh bien, je peux y entrer moi ! » a parlé Steven. « Mon loup et moi ne serons probablement pas affectés par ce drain de magie. »

J'ai ajouté : « Moi aussi, je peux. Je suis née sans magie. »

Blake a attrapé mes bras. « S'il te plaît, n'y va pas. Je mourrais si quelque chose devait t'arriver. »

Je lui ai souri. « Nous risquons tous nos vies pour arrêter ce démon. C'est normal que j'aide. »

« Nous ne serons pas seuls », a ajouté Steven. Il a montré le ciel. « Les dragons seront avec nous aussi. »

Blake avait toujours l'air inquiet, mais il hocha quand même la tête. A contrecœur, il parla, « D'accord, mais je me sentirais quand même mieux si nous étions tous ensemble pour nous battre. »

« Ne t'inquiète pas », ai-je répondu. « Je suis doué pour me fondre dans l'ombre. Si Steven et les dragons distraient les combattants, je pourrai facilement atteindre les gobelins et les éliminer rapidement. Vous pourrez vous joindre au combat. »

« Ça a l'air d'un bon plan ! » a dit Bianca. Nous avons tous acquiescé. Même les dragons semblaient comprendre.

Steven a commencé à avancer vers le château avec les dragons. Je me tenais derrière eux. Toute ma vie, j'avais été habituée à rester dans l'ombre et à passer inaperçue. Aujourd'hui, cela allait enfin être utile. Je pouvais sentir cette énergie épaisse et sombre qui nous entourait, mais je n'étais pas affectée. J'ai attendu que les premiers ennemis commencent à attaquer Steven et les dragons. Les dragons combattaient à la fois les ennemis dans les airs et les ennemis au sol. Steven était sous sa forme de loup. Il était fort, mais je voulais faire vite. J'avais peur qu'il soit rapidement débordé si je ne me dépêchais pas.

En m'accrochant aux ombres, j'ai facilement atteint les murs intérieurs du château. Cinq mages gobelins étaient occupés à lancer un sort. Ils étaient seuls, car les autres se battaient devant le château. J'ai sorti ma dague, l'enduisant d'une fiole de poison que j'avais achetée plus tôt au marché souterrain.

En me faufilant derrière le premier gobelin, je lui ai tranché la gorge facilement, en agrippant son corps pour qu'il ne tombe pas au sol. Il n'a pas crié ou bougé. Les autres gobelins étaient tellement concentrés sur leurs sorts qu'ils n'ont même pas bronché. J'ai lentement déposé son corps sur le sol, puis j'ai de nouveau enduit ma lame de poison.

Je me suis approché derrière le second gobelin et lui ai tranché la gorge également. Le gobelin a eu le temps d'émettre un léger cri avant de mourir. Mon cœur s'est mis à battre plus vite lorsque les autres gobelins ont ouvert les yeux et m'ont remarqué. Le cadavre est tombé sur le sol, tandis que je plongeais rapidement vers le troisième gobelin, enfonçant ma lame dans son cœur. Le gobelin est tombé en arrière sur le sol, et je suis tombé sur lui. Je continuais à frapper et à tourner la lame à l'intérieur de lui, tailladant ses organes internes.

Les autres gobelins essayaient de m'arracher du gobelin, en me griffant le dos, mais je continuais à taillader jusqu'à ce qu'il ne bouge plus. Je me suis finalement relevé, mon dos me faisant mal à cause des attaques des gobelins. Ils me criaient des choses dans une langue que je ne comprenais pas.

J'ai pris une position de combat, remarquant que l'énergie noire avait disparu. J'ai souri. Cela signifiait que les autres étaient en route pour aider au combat. Au moment où je me préparais à attaquer les deux gobelins restants, une douleur fulgurante s'est répandue dans mon dos. Des griffes acérées s'étaient enfoncées en moi et commençaient à me soulever dans le ciel. J'ai levé les yeux pour voir une succube qui me souriait méchamment. Je voulais descendre, mais j'étais bientôt assez haut dans le ciel que je mourrais écrasée si je devais tomber.

A pleins poumons, j'ai crié, « Blake ! »

Chapitre 14 (Blake)

La Tour

Nous avons rejoint la cour du château dès que le sort a été rompu. Je me suis précipité vers le château, tailladant les ennemis au passage. Autour de moi, le sang se répandait sur le sol, mêlé aux plumes et à la chair. Le cri des ennemis se mêlait au nôtre. Je me nourrissais d'adrénaline. La bataille était mon élément : je suis né pour me battre. C'était encore plus facile maintenant que j'étais un vampire. Une gorgée de sang frais me redonnait de l'énergie, me donnant un second souffle pour tuer d'autres ennemis.

À ma gauche, Zach tuait des ennemis avec ses pouvoirs de vampire et son épée en lévitation. Bianca détruisait les ennemis avec sa magie. J'étais impressionné de voir à quel point elle s'était améliorée. Quant à Steven, sa fourrure blanche de loup était maintenant teintée du sang de ses ennemis. Il n'arrêtait pas de leur arracher la chair et de leur briser le cou. Les dragons décimaient les ennemis du ciel. Leurs cadavres tombaient comme une pluie. L'un d'eux a failli me frapper. Je l'ai évité au dernier moment et le cadavre est tombé sur un orc à la place.

Un cri a résonné jusqu'à mon âme, « Blake ! »

Je me suis retourné pour regarder le château, mes yeux cherchant la femme que j'aimais. En suivant son cri, j'ai finalement vu une succube portant ma douce Eshenesra dans une tour secondaire à droite du château. Elle était bien trop loin pour que je puisse faire quoi que ce soit.

J'ai poussé à travers notre lien d'âmes sœurs, « J'arrive ! »

J'espérais seulement qu'elle l'entendrait. Au diable le château et le démon! La seule chose qui comptait désormais était ma compagne. Je devais la sauver. Je ne pouvais pas supporter de vivre sans elle. Une deuxième vague d'adrénaline a parcouru mon corps alors que je me précipitais pour sauver ma compagne.

Une nuée d'ennemis me bloquait le chemin, mais un par un, je les abattais. Lentement, je me suis dirigé vers la tour. J'ai aperçu la succube qui traînait Eshenesra par une fenêtre au sommet. Attends-moi, mon amour. Je serai là, je te le promets.

Je n'avais pas réalisé la hauteur de la tour jusqu'à ce qu'on s'approche. Elle était toute noire et semblait faite de cristal. La base était large et abrupte, comme une falaise d'au moins vingt mètres de haut. Deux têtes de démons étaient sculptées dans le cristal le plus haut. Le premier avait des cornes sur tout le visage, ses deux yeux étant sculptés dans son visage. Le second n'avait pas de cornes mais des dents grotesques et pointues qui sortaient de sa bouche. Tous deux fixaient le sol, semblant regarder quiconque osait s'approcher de la tour. Le sommet de la tour était formé de différentes sortes de cornes. Certaines étaient des spirales tordues, d'autres ressemblaient à des bords d'épée. Il y en avait six au total.

Je ne pouvais pas imaginer que quelqu'un puisse construire quelque chose comme ça. Seule la magie aurait pu forger un tour de cette forme. Lorsque nous sommes arrivés à la base, une force magique épaisse remplissait l'air, et je ne pouvais m'empêcher de me sentir faible, malgré la potion de résistance qu'Elwin m'avait donnée.

J'ai demandé « Vous ressentez ça ? »

Ils ont hoché la tête. « Je pense que ça draine notre magie, » dit Elashor.

« Ou notre force vitale », a ajouté Iain.

J'ai réfléchi une minute. « Tu crois que c'est le même genre de sort qui a cloué mon père au lit ? »

Damien avait un air pensif sur son visage. « Peut-être. Je ne sais pas si c'est aussi fort, mais ça pourrait être lié. Après tout, la magie vient probablement d'Eurynomos. »

« C'est vrai... », ai-je répondu. « Je n'y avais pas pensé de cette façon. »

La tour avait une ouverture sombre à sa base. « Une idée de comment on va détruire cette chose ? » J'ai demandé alors que nous nous précipitions dans l'entrée sombre.

« Je suis sûr que nous allons le découvrir », répondit Iain. Il n'a pas eu le temps de dire autre chose avant que nous soyons attaqués par des orcs.

« Attention ! » a crié Damien avant de me tirer dans ses bras juste à temps pour éviter un coup d'épée. L'épée a fait un trou dans ma chemise, mais je n'ai pas été blessé. J'ai regardé avec horreur l'épée se loger dans l'estomac de Iain.

J'ai hurlé, « Iain! »

Damien restait devant moi, me protégeant des coups. Ma louve était agitée. Elle voulait tuer des orcs.

« Je veux me battre », j'ai poussé à travers notre lien.

« Il n'est pas question que je risque ta vie et celle du bébé. » Je pouvais sentir à travers son ton combien il était sérieux. « Occupe-toi plutôt de Iain », a-t-il suggéré à travers notre lien.

Arius, Elashor, et Damien combattaient les orcs. J'ai essayé d'atteindre Iain à travers le chaos du combat, mais je ne pouvais pas. Il continuait à s'enfoncer plus loin dans la nuée d'ennemis. Il tirait des éclairs de magie, coupant les ennemis comme il pouvait, mais les ennemies continuaient d'augmenter. On aurait dit que Iain était dans une sorte de frénésie. Il n'avait pas l'air d'avoir toute sa tête.

A un moment, il a crié « Vous ne m'aurez jamais ! » avant de rire comme un fou. Un hurlement horrible résonna alors qu'il retirait l'épée de son propre estomac. Du sang a jailli de sa blessure, s'accumulant à ses pieds. Une énergie bleue commença à jaillir de son corps, tuant tous les orcs à proximité, tandis qu'il ouvrait sa blessure.

Les autres ont cessé de se battre et regardent avec étonnement ce spectacle incompréhensible.
J'ai essayé d'aller vers lui, mais Damien m'a arrêté.
J'ai crié, essayant de me libérer des bras de Damien : « Iain ! Arrête ! Nous devons te guérir ! »

Mais Iain ne semblait pas m'entendre. Il continuait à rire et à envoyer des éclairs d'énergie autour de lui.

En un instant, ses yeux ont fixé les miens. Dans ce bref moment de lucidité, il a crié : « Cours !" »

Dès qu'il a dit cela, son regard a disparu, et il est retourné à son spectacle de magie. Les orcs grouillaient autour de lui.

Damien a ordonné, « Nous devons y aller ! »

Arius et Elashor ont acquiescé, mais je ne voulais pas quitter Iain.

Elashor a tiré sur ma main, « Viens ! »

À contrecœur, je les ai suivis. Nous avons couru dans le couloir jusqu'à ce que nous arrivions dans une grande pièce à la base de la tour. Nous avons fermé la porte derrière nous, et je me suis laissé tomber sur le sol.

Des larmes ont commencé à couler de mes yeux. Damien s'est assis sur le sol à côté de moi et a passé son bras autour de ma taille. Le contact de ses lèvres sur ma joue me réchauffait le cœur.

Il a parlé doucement, « Hé, ma petite louve. Ne pleure pas. »

J'ai reniflé. « Mais c'était notre ami. »

Il a replacé une mèche de cheveux tombée, caressant ma joue en même temps.

« Je sais, mais il s'est probablement sacrifié pour nous. »

J'ai fixé ses yeux gris.

« Tu crois ? »

Il a hoché la tête. « S'il n'était pas mort à cause des orcs, alors il serait mort de toute façon de sa blessure. »

J'ai réfléchi pendant une minute. Il avait raison. Sa blessure aurait pu être guérie s'il n'avait pas tiré dessus comme il l'a fait. Mais la façon dont il l'a ouverte, il n'y avait aucun moyen de la guérir.

« Vous avez vu comment il ouvrait sa blessure ? Pourquoi aurait-il fait ça ? »

J'étais en colère contre Iain. Nous aurions pu le sauver ! Si seulement j'avais pu le sauver. La culpabilité s'est glissée dans mon cœur et me rongeait de l'intérieur.

Damien a haussé les épaules.

« Il n'avait pas l'air d'être bien dans sa tête. Peut-être du poison de la lame de l'orc ? »

J'ai hoché lentement la tête. « C'est possible. »

« Peut-être qu'il n'était pas habitué à recevoir des coups et qu'il a perdu la tête », a suggéré Arius.

J'ai levé les yeux vers lui. Elashor m'a donné sa main, m'aidant à me relever.

« C'était un mage, après tout. Ils sont habitués à se battre de loin, pas à se battre de près comme ça », suggéra-t-elle.

J'ai haussé les épaules. « Je suppose qu'on ne le saura jamais. »

J'ai regardé autour de moi. Nous étions dans une grande pièce circulaire à la base de la tour. Des colonnes de pierre sombre décoraient les murs. Au centre de la pièce, les carreaux de granit formaient une étoile, entourée d'une rosace. Au centre de ce motif se trouvait un cristal noir géant, flottant dans l'air. Il semblait tirer de l'énergie du sommet de la tour, et la stocker dans le sol, ou peut-être l'envoyer quelque part à travers le sol. Je n'étais pas sûre duquel.

J'ai fait un pas en avant, mais Damien a tenu ma main. « Je ne m'en approcherais pas. »

Je lui ai fait un signe de tête. « Comment sommes-nous censés détruire cette chose ? »

Damien a souri et a répondu : « Avec ça. »

Il a sorti une orbe brillante de sous son manteau. On aurait dit une boule de soleil vivante flottant dans sa main. Nous nous sommes tous approchés de lui, regardant avec admiration la boule d'énergie.

Elashor a chuchoté, « Qu'est-ce que c'est ? »

« Iain me l'a donné avant que nous quittions le château. C'est une bombe magique concentrée. »

J'ai fixé Damien en état de choc. Iain avait planifié la destruction de cette tour depuis le début. Il nous avait sauvés deux fois.

J'ai demandé : « Pensez-vous que ce sera suffisant pour détruire la tour ? »

Damien a acquiescé. « Iain a dit que cela devrait être assez fort pour faire sauter les bâtiments les plus solides. Nous devons juste l'installer à la base de la tour. Ensuite, nous aurons environ dix minutes pour nous échapper et aller le plus loin possible. »

« Dix minutes, ce n'est pas assez », commenta Arius.

« Ça l'est, s'il n'y a pas d'ennemis qui nous poursuivent », répondit Damien.

Ils ont commencé à se disputer pour savoir si on allait s'en sortir à temps ou non.

J'ai crié, « C'est la seule option que nous avons, de toute façon ! Plus nous restons ici, plus il y a de chances que les orcs s'en prennent à nous. »

Ils ont arrêté de se disputer et m'ont regardé fixement.

Damien a souri. « Tu as raison, comme toujours, ma belle reine. »

Je n'ai pas pu m'empêcher de sourire à ses paroles.

Damien a posé la sphère à la base du cristal, juste à la limite du champ d'énergie qui se formait en dessous.

Je lui ai demandé : « Comment on fait pour l'activer? »

Damien a souri et a répondu : « Magia, diruptio, inducere, incendo ! » Il m'a fait un sourire en coin et a ajouté : « C'est activé. »

Je suppose que Iain lui avait appris les mots, mais je n'ai pas eu le temps de lui demander. Nous avions dix minutes pour sortir de la tour !

« Dépêchons-nous ! » a crié Arius avant de sortir en trombe de la pièce avec Elashor. Je me suis mis à courir hors de la pièce. Damien m'a suivi.

Je suis tombé sur Elashor au moment où je sortais de la pièce. Les orcs étaient de retour dans le couloir, et je me suis demandé d'où ils venaient, puisque nous en avions tué tellement plus tôt.

Arius a grogné, « On n'a pas le temps pour ça ! »

Damien a répondu : « Tu as raison, alors ne perdons pas de temps. »

Avant que je ne puisse lui demander ce qu'il voulait dire, deux bras forts m'ont soulevé dans les airs. J'ai passé mes bras derrière le cou de Damien et j'ai déposé un baiser sur sa joue pendant que nous volions au-dessus des ennemis. Arius suivait derrière nous avec Elashor dans ses bras. En dessous de nous, les orcs se déchaînaient et essayaient de nous attraper, mais nous étions trop haut pour qu'ils puissent nous atteindre. En quelques minutes seulement, nous étions à l'extérieur de la tour, avec encore quelques minutes avant l'explosion.

Les gars ne se sont pas arrêtés, car nous devions nous éloigner le plus possible de la tour. Ils ont continué à voler jusqu'à ce qu'on entende le bruit du cristal qui se brise. Damien m'a remis sur le sol juste à temps pour me retourner et sentir l'onde de choc de l'explosion me traverser. Nous étions assez loin pour que ce ne soit qu'un vent violent, mais plus près de la tour, les arbres ont perdu leurs feuilles.

Damien m'a enlacé par derrière et a posé sa tête sur mon épaule tandis que nous regardions la tour exploser. De la poussière a été soufflée de la base de la tour, et le cristal sombre s'est brisé alors que le sommet de la tour commençait à s'effondrer sur le sol. Au moment où la base était presque détruite, les têtes de démons gravées dans la tour sont tombées sur le côté et se sont brisées en morceaux en touchant le sol, les cornes restantes au sommet de la tour se sont écrasées dans la forêt un peu plus loin. Le son du verre qui se brise se mélangeait au bruit du bois et des feuilles qui bruissent. Les oiseaux se sont envolés à cause du vacarme. Damien a protégé mon corps des éclats et des débris.

Quand la poussière est retombée, nous avons pu voir que la tour n'était plus qu'un tas de débris. Plus important encore, l'épaisse énergie qui draînait notre énergie avait disparu. Il n'y avait plus d'attaques magiques sur le château non plus.

J'ai laissé échapper un souffle de soulagement. « Je suis tellement contente que ce soit fini ! »

Tout le monde a souri. Arius a répondu : « Maintenant, il ne reste plus qu'à Bianca et aux autres à arrêter Will. »

Un nœud s'est formé dans mon estomac. « Tu crois qu'ils vont réussir ? »

Il a hoché la tête. « Je suis sûr qu'ils réussiront. »

Elashor a demandé : « Ne devrions-nous pas les rejoindre ? »

Damien a secoué la tête. « Il nous faudrait des jours pour les atteindre. »

Arius a hoché la tête. « Oui, et nous n'avons pas les compétences pour ouvrir un portail pour nous y rendre. »

J'aurais aimé pouvoir les aider, mais je devais faire confiance à ma soeur.

« Bianca est, après tout, la fille de la Déesse de la Lune. Elle devrait être capable de le faire. »

Damien m'a serré dans ses bras en répondant : « Je suis sûr qu'elle le fera. »

Arius tenait Elashor dans ses bras, il semblait plus heureux que je ne l'avais vu depuis des mois.

« Nous devrions retourner au château. Le sort de protection va bientôt se dissiper. »

Damien ajouta : « Oui, après cela, je pense que nous allons enfin pouvoir prendre un repos bien mérité. »

Nous nous étions préparés à cette guerre depuis si longtemps ! Nous avions travaillé sans relâche depuis des années maintenant. J'avais hâte de me reposer enfin.

Damien a passé sa main sur ma joue. Il m'a embrassé doucement, sa langue dansant avec la mienne. Il m'a murmuré : « Viens, ma petite louve. Passons le reste de notre vie ensemble et préparons la venue de notre bébé. »

J'ai souri en caressant mon ventre. Maintenant, je pouvais enfin me concentrer pour prendre soin de moi et du bébé.

*********** PDV de Blake ***********

Au moment où j'ai atteint la tour, le sol a tremblé. Dans le ciel, le fil d'énergie sombre qui reliait le château à la tour au sud-ouest avait disparu. Je suppose que c'était une bonne chose. Mais je m'en fichais. Je pouvais entendre les cris de ma douce Eshenesra venant de la tour.

J'ai essayé d'ouvrir la porte de la tour, mais elle était verrouillée. J'ai poussé avec mon épaule de toutes mes forces, en utilisant tous mes pouvoirs vampiriques. La douleur s'est répandue dans mon épaule, me faisant grogner, mais j'ai continué à pousser. Le bois s'est brisé à ma troisième tentative. Des morceaux de bois ont volé dans l'air alors que je poussais une dernière fois.

Devant moi, il y avait une grande salle circulaire, pleine de succubes. À ma droite, il y avait un escalier qui longeait l'extérieur de la tour. C'est là que je devais aller. J'entendais Eshenesra en haut des escaliers. Mais les succubes voyaient les choses autrement. Elles ont commencé à m'attaquer. J'étais largement dépassé par le nombre. Mais surtout, le temps que je passais à les combattre m'empêchait de sauver Eshenesra. Qui savait ce qui se passait là-haut ?

Je me suis battu avec deux d'entre elles, mais les autres essayaient de m'atteindre. Je les ai repoussés avec ma force vampirique. Puis j'ai invoqué une barrière magique, piégeant les succubes dans la pièce principale pendant que j'arrivais aux escaliers. Je n'utilisais pas souvent mes pouvoirs vampiriques, mais je devais admettre qu'ils étaient très utiles.

Une des succubes avait réussi à sortir de la pièce avant que je ne lance le sort de barrière. J'ai arraché une de ses ailes avec mon épée. Son cri a rempli la tour. Elle a essayé de me griffer avec ses ongles et de m'attaquer, mais je l'ai repoussée. Il me fallait beaucoup de concentration pour garder mon sort tout en combattant. La succube s'est jetée sur moi, essayant de me mordre. Je la tenais à bout de bras. Finalement, j'ai rassemblé ma force et enfoncé mon épée dans sa poitrine, la tuant.

Un cri est venu de la pièce où Eshenesra était retenue. J'ai couru dans les escaliers. Je n'avais pas besoin de m'arrêter à tous les étages que je passais. Je pouvais sentir à travers notre lien qu'elle était au dernier étage.

La porte de la pièce principale du dernier étage n'était pas verrouillée. Une odeur putride remplissait la pièce. Des os brisés et des restes de chair traînaient sur le sol imbibé de sang. Quelques statues de succubes décoraient la pièce, mais la plupart étaient partiellement détruites. Ma douce Eshenesra était étendue inconsciente sur le sol. À côté d'elle se tenait ce qui ressemblait à la reine des succubes. C'était une grande femme à la peau couleur bronze foncé. Ses ailes étaient plus grandes que celles des autres succubes et elle portait des plumes noires au lieu d'ailes de chauve-souris comme les autres. Elle ne portait qu'un corset de cuir noir, orné d'une croix de bronze sur le devant. Ses cheveux étaient faits de feu, flamboyant à travers ses cornes de démon. Elle me fixait de ses yeux de feu.

Elle m'a sifflé : « Qui ose déranger mon repas ? »

J'ai incliné ma tête vers la gauche, faisant craquer mon cou, roulant mes épaules.

« J'ai peur que vous ne mangiez pas aujourd'hui. »

Son rire malicieux a rempli la pièce, résonnant à travers les murs.

« Tu crois vraiment que tu peux m'arrêter, mortel impudent ? »

J'ai ricané. « Oh, je suis mort depuis longtemps, démon. »

Elle m'a étudié pendant une seconde, puis a souri quand elle a réalisé que j'étais un vampire. « Bien, alors. Nous verrons bien. »

Elle s'est jetée sur moi, mais je lui ai donné un coup de pied dans la poitrine, la faisant tomber en arrière sur une statue. La statue a explosé en morceaux quand elle est passée à travers. Elle a sifflé de frustration et s'est relevée, apparemment non affectée par mon coup.

« Quel imbécile ennuyeux ! Finissons-en! » a-t-elle craché en colère.

Ses cheveux de feu étaient flamboyants. Elle a invoqué un fouet de feu, les filaments de feu claquant dansles airs. Son fouet s'est enroulé autour de mon armure de poignet en cuir. Je pouvais sentir la chaleur à travers jusqu'à ma peau.

J'ai invoqué des glaçons sur son fouet de feu, l'éteignant. J'ai invoqué la glace dans ma lame et l'ai balancée vers le démon. Une lumière blanche en émanait alors qu'elle ripostait avec une lame enflammée. Des projectiles de feu furent projetés par l'impact de nos épées sur le sol, évitant de justesse Eshenesra, enflammant les restes des cadavres.

Maintenant que le feu avait été mis à la pièce, je voulais plus que jamais mettre fin à ce combat. Eshenesra était toujours inconsciente. Je ne voulais pas qu'elle meure d'asphyxie.

J'ai crié : « Il est temps pour toi de mourir ! » En balançant ma lame encore et encore sur le démon.

Des flammes ont jailli du corps du démon lorsque j'ai planté la lame dans sa poitrine. Sa peau de bronze était si épaisse que je n'ai pu enfoncer que la pointe de la lame. Le démon se battait pour retirer la lame de sa poitrine. Je savais que je ne pouvais pas échouer. La vie de ma compagne en dépendait.

J'ai grogné en rassemblant toute la force que je pouvais, pour finalement enfoncer mon épée loin dans la poitrine du démon. Le démon a crié à cause de la douleur. Je savais que cela ne serait pas suffisant pour la tuer, cependant.

Pendant que le démon luttait pour retirer ma lame de sa poitrine, j'ai ramassé le corps d'Eshenesra sur le sol. Rapidement, j'ai volé à travers la fenêtre, serrant son corps contre le mien. J'abandonnais mon épée au démon. C'était l'épée que je portais sur moi depuis que j'avais été transformé en vampire. Les derniers vestiges de ma vie humaine. Mais ça n'avait pas d'importance. Je n'en avais plus besoin. J'étais prêt à laisser partir la vie que j'avais eue. Tout ce qui comptait maintenant était la femme que je tenais dans mes bras. Avec elle, je construirais un nouvel avenir plein d'espoirs.

Eshenesra a commencé à remuer pendant que nous volions. Lentement, elle a ouvert les yeux, me regardant fixement.

« Blake ? », a-t-elle chuchoté. « Où... sommes-nous... ? »

J'ai resserré mon emprise sur elle. « On rentre à la maison, mon amour. Je vais m'assurer que tu es guérie et ensuite je te montrerai comment le château des vampires est beau. »

Elle a regardé autour d'elle, attrapant mes épaules quand elle a réalisé que nous étions dans les airs. « Que s'est-il passé ? Et Bianca ? Et Eurynomos ? »

Je l'ai fait taire doucement. « C'est bon. Bianca et les autres se battent. Ils vont arriver à Eurynomos. »

Elle a protesté : « Tu ne crois pas qu'on devrait les aider ? »

J'ai froncé les sourcils. « Tu as failli mourir pour briser le sort et les faire entrer dans le château. Tu as assez donné. Il est temps que je prenne soin de toi. »

« Mais... »

« Assez ! Tu es resté inconsciente pendant je ne sais combien de temps ! J'ai failli te perdre ! »

Elle me fixait. Mon cœur battait la chamade dans ma poitrine.

J'ai ajouté, d'une voix tremblante : « Tu ne comprends pas à quel point j'ai eu peur de te perdre ? »

Des larmes ont coulé sur mes joues. Je n'arrivais pas à y croire moi-même. Je n'avais pas pleuré une seule fois depuis la mort de ma mère vampire. Je n'avais jamais pensé que je trouverais en moi la force de pleurer à nouveau. Mais l'idée de perdre ma compagne était insupportable.

La main chaude d'Eshenesra a doucement essuyé les larmes de mon visage.

Elle a souri chaleureusement, en murmurant : « Tu as raison, je ne pense pas pouvoir me battre pour le moment. J'ai besoin de me reposer. S'il te plaît, mon amour, je suis impatiente de voir ma nouvelle maison. »

J'ai déposé un doux baiser sur ses lèvres, mon cœur battant fort à ses mots. Pour la première fois depuis des siècles, je me suis senti heureux et en paix alors que je rentrais chez moi, tenant dans mes bras la femme la plus importante qui ait jamais existé.

Chapitre 15 (Bianca)

Réunis

Le chaos absolu régnait autour de moi. Le son des crânes brisés et des cris emplissait mes oreilles. J'étais étonnée de la facilité avec laquelle j'arrivais à me débarrasser de mes ennemis. Les dragons étaient très efficaces pour s'occuper des succubes et des gargouilles. Zach se battait simultanément avec son épée en lévitation et ses pouvoirs vampiriques. Je pouvais apercevoir le loup de Steven déchirer les ennemis. Les warkots de Kõrvits volaient dans les airs, décochant des flèches aux ennemis au sol. Lentement, nous avons fait notre chemin vers le château. Je ne pouvais plus voir Blake. La dernière chose que j'ai entendue était un cri d'Eshenesra, puis il était parti. Je me suis concentrée sur mes objectifs principaux : sauver mon frère et arrêter le démon.

J'ai regardé Zach et Steven quand nous sommes arrivés aux portes du château. Ils avaient la même détermination que moi dans leurs yeux. Nous avons ouvert la lourde porte alors que les dragons continuaient à combattre les ennemis à l'extérieur.

Le château était sombre et désert. Le couloir était éclairé par des flammes. Le son de nos pas résonnait alors que nous marchions dans le hall. Nous sommes bientôt arrivés dans la salle du trône, mais il n'y avait personne. Un piédestal de pierre semblait contenir un étrange portail. À l'intérieur, j'ai reconnu l'endroit où mon âme avait été retenue prisonnière pendant un certain temps : les Enfers.

Toutes les pièces que nous avons traversées étaient vides. Je savais que Will était quelque part dans le château. Nous avons continué à marcher. Bientôt, l'air a commencé à être froid. Une fine brume s'échappait de ma bouche quand je respirais. Le loup de Steven s'est rapproché de moi pour que je n'aie pas trop froid. J'entendais des chuchotements tout autour de nous, venant de partout et de nulle part en même temps. Je pouvais distinguer quelques mots dans ce chaos de chuchotements : « Sauvez-la », « Traître », « Tueur », « Sortez », « Courez ! »

J'ai regardé partout, mais je ne voyais rien. Les chuchotements sont devenus plus forts quand nous nous sommes approchés d'une pièce. Je pouvais entendre les faibles sanglots d'une femme venant de l'intérieur de la pièce. Du givre de neige et des cristaux de glace s'étaient formés sur la porte de cette pièce. Tous les chuchotements sont devenus un grand flou de cris quand j'ai mis ma main sur la poignée de porte gelée. Tous les sons sont soudainement devenus silencieux lorsque j'ai poussé la porte.

La chambre était glaciale, mais malgré le givre, on pouvait voir qu'elle était magnifiquement décorée. *Une chambre digne d'une reine.* ai-je pensé. Mes yeux se sont posés sur le lit, où reposait le corps d'une femme. Elle était belle, sa peau encore fauve malgré le fait que son cœur ne battait plus. Même si je ne l'avais jamais vue, je savais avec certitude que c'était Leila. S'il n'y avait pas eu ses lèvres bleues, on aurait pu croire qu'elle ne faisait que dormir.

J'ai sursauté en voyant mon frère à côté d'elle, lui tenant la main. Ou... ce qui était mon frère. Le loup de Steven a grogné, et Zach a pris une position de combat. J'ai regardé, dégoûté par la peau de mon frère qui était maintenant noire et craquelée comme de la lave séchée. Il a lentement levé la tête, nous regardant fixement. Ses yeux bleus étaient maintenant noirs. Mon coeur s'est effondré quand j'ai réalisé que ce n'était plus mon frère. J'étais face à Eurynomos.

Le démon a souri quand il nous a vus. Je pouvais sentir son dédain quand il a parlé, « Alors... Vous êtes finalement arrivés ici. Il vous en a fallu du temps. »

Cette voix n'appartenait pas à mon frère. C'était une voix cassée, profonde et dure.

Je lui ai crié, la rage me remplissant, « Qu'as-tu fait à mon frère ? »

Son rire a rempli la pièce. Des frissons ont parcouru ma colonne vertébrale.

Il a craché avec haine : « Oh, mais ton frère est venu à moi de son plein gré. Tu vois, tu arrives trop tard. »

J'essayais de paraître forte, mais ma voix tremblait. « C'est impossible ! »

Le démon a souri. « Pourtant, nous sommes là. »

Il a envoyé un vent d'énergie vers moi, me faisant m'agenouiller contre ma volonté.

Il m'a regardé avec dégoût. « Tu devrais apprendre tes manières, et t'incliner devant ton souverain. »

J'ai gardé la tête en haute et j'ai répliqué avec colère : « Je ne m'inclinerai jamais devant vous. »

Je lui ai demandé : « Qu'est-ce que tu lui as fait ? »

Il a reporté son attention sur le cadavre de Leila pendant une seconde, puis s'est retourné vers moi.

« Elle ? Oh, j'ai lavé le sang de son corps, et je l'ai couchée dans son lit. »

Je me suis moqué du démon. « Tu sais très bien que ce n'est pas ce que je demande. »

Ses yeux brillait alors qu'il répond : « Je n'ai rien fait d'autre à la sorcière morte. »

« Alors pourquoi l'as-tu amenée dans ce château ? »

« Oh, je ne l'ai pas amenée ici. C'est Will qui l'a amené. Ce pauvre idiot voulait tellement la faire revivre qu'il a accepté de devenir mon vaisseau. C'est dommage que je n'ai jamais eu l'intention de faire revivre cette salope de toute façon. »

Alors qu'il prononçait ces mots, quelque chose a bougé en lui, et des mots sont sortis de sa

bouche avec colère, avec la voix de mon frère :
« Salaud ! Tu m'as menti ! »

Les yeux du démon ont brillé et il a crié :
« Tais-toi ! »

Une force s'est répandue dans le corps du démon, et mon frère a disparu aussi vite qu'il était apparu.

J'ai crié : « Espèce de salaud ! Relâche-le ! »

Le démon s'est moqué de moi. Des démons inférieurs ont envahi le couloir à l'entrée de la pièce, essayant de nous atteindre.

Steven a traversé mon esprit, « Laisse-moi l'attaquer. »

En tant que fille de la Déesse de la Lune, c'était mon devoir de m'occuper d'Eurynomos.

J'ai ordonné : « Zach, Steven, occupez-vous des autres démons. Eurynomos est à moi. »

Ils m'ont fait un signe de tête et ont commencé à combattre les démons inférieurs, les repoussant dans le couloir.

J'étais seule avec Eurynomos. Il a fait craquer son cou, faisant un pas vers moi.

« J'ai attendu ce combat depuis longtemps, salope. Il est temps de payer pour m'avoir emprisonné pendant des siècles. »

Je savais qu'il parlait à la Déesse de la Lune. Je ne me suis pas soucié de répondre. Il s'est jeté sur moi, volant dans les airs. J'ai crié de douleur quand son épaule m'a frappé en plein dans la poitrine. J'ai été projeté dans les airs jusqu'à ce que mon dos heurte le mur, le plâtre tombant sur le sol. Il était plus rapide que ce que j'avais prévu.

Je me suis relevé. En un clin d'œil, il était à côté de moi et m'a asséné un uppercut en plein dans la mâchoire. Ses yeux pétillaient de joie tandis qu'il me regardait voler vers le plafond avant d'atterrir sur le ventre. J'ai ravalé la bile qui montait dans ma bouche.

Un rire glacial a rempli l'air. « C'est tout ce que tu peux faire ? Je n'ai jamais pensé que ce serait si facile. »

Je me suis relevée en grimaçant à cause de la douleur. Je me suis concentrée sur ma magie et j'ai tiré un éclair vers Eurynomos. Il l'a évité facilement, l'éclat lumineux laissant une tache noire sur le mur derrière lui. Je me suis retournée juste à temps pour recevoir un coup direct au visage.

Le désespoir m'a envahi. Je devais trouver un moyen de le ralentir. Le son de la bataille qui faisait rage à l'extérieur de la pièce remplissait l'air. Steven et Zach étaient toujours occupés. Je ne pouvais pas compter sur eux pour m'aider dans cette bataille. La force m'a envahi en me rappelant que j'étais la fille de la Déesse de la Lune. Eurynomos m'a donné un coup de pied dans le ventre. De la poussière s'éleva dans l'air tandis que j'atterrissais sur un vieux bureau, le bois craquant sous le poids de mon corps. Je n'ai même pas eu le temps de me relever avant qu'il ne se mette à califourchon sur moi, me frappant encore et encore. J'avais mal et j'avais la tête qui tournait. Si je ne faisais rien, il allait me tuer.

J'ai rassemblé ma force et l'ai repoussé. Je me suis relevé et j'ai craché du sang sur le sol.

Eurynomos m'a regardé avec dédain. « Où est ta déesse bien-aimée, maintenant ? Quel lâche ! Se cacher derrière un mortel. »

Ma voix tremblait malgré moi. « La Déesse est en moi. »

« Tu te trompes ! Elle t'a abandonné. »

« Elle est ma mère. Elle ne m'abandonnera jamais. »

Le démon a craché sur le sol. « Tu ne vois pas ? Elle t'a amené ici, pour que je puisse te tuer. »

La colère s'est accumulée dans ma poitrine à ces mots. Je savais qu'il avait tort. La déesse de la lune n'aurait jamais fait une telle chose.

Je lui ai gloussé dessus, « Ton âme est damnée. »

Le démon a grogné : « Il est temps de mourir, salope. »

Il se préparait à se lancer à nouveau sur moi, mais je me suis souvenu du poison qu'Eshenesra et Blake m'avaient donné. J'en avais enduit ma dague. J'ai jeté ma dague sur lui, en espérant qu'elle le touche. Il n'a même pas bougé ou essayé de l'éviter. La dague s'est plantée dans son épaule. Il a ri en retirant la dague et en la laissant tomber sur le sol.

« Tu vas devoir faire mieux que ça. »

Il s'est à nouveau élancé sur moi, mais cette fois, j'ai pu l'éviter. Il a essayé de me donner un coup de pied, mais j'ai sauté en l'air et l'ai évité.

Eurynomos a rugi de colère. Le poison l'affectait, le ralentissait. C'était exactement ce dont j'avais besoin.

Il s'est encore jeté sur moi, mais j'ai évité l'attaque et l'ai frappé au visage. Il m'a frappé dans l'estomac. J'ai envoyé un éclair sur lui, mais il l'a esquivé, a sauté dans les airs et a basculé sur le mur derrière lui, revenant avec un coup de pied de plein fouet sur mon visage. Je me sentais étourdi par l'impact, mais j'ai continué à pousser. Je l'ai frappé au visage plusieurs fois avec mes poings, en y imprégnant un peu de la magie de la Déesse pour qu'ils frappent plus fort. Eurynomos a reculé devant mes coups de poing.

Je me suis concentrée comme Iain me l'a appris, et ce faisant, j'ai pu voir les fils du temps se matérialiser tout autour de nous. Mon cœur s'est emballé lorsque j'ai saisi le pouvoir que la déesse de la lune me prêtait. Se déplacer à travers les fils du temps me permettait de bouger plus vite qu'Eurynomos. Soudain, j'ai pu réapparaître derrière lui avant même qu'il ne bouge, lui assénant coups sur coups à la tête. L'incrédulité se lisait sur son visage alors que je continuais à le battre malgré tous ses efforts. Dans un grand coup de magie, je l'ai envoyé voler à travers la pièce. Il a atterri sur une statue qui bordait le mur, la brisant sous l'impact.

J'ai fait quelques pas vers lui. Il était allongé, étourdi. Ses yeux se sont fixés sur moi, et pendant un instant, ses yeux noirs ont été remplacés par les bleus profonds de mon frère.

Il m'a chuchoté : « Au secours ! »

Mon cœur a fait un bond et j'ai crié : « Will ! »

Il a levé sa main sombre et craquelée vers moi. Ses lèvres tremblaient. « S'il vous plaît... tue-moi. »

Mon cœur s'est brisé à ses mots. « Non ! Will, je ne peux pas ! »

Ses lèvres se sont retroussées. « Tu es forte, ma chère soeur. Je t'en prie, fais-le. »

Sa voix n'était qu'un murmure. Des larmes ont coulé sur mes joues. Mon frère que j'aimais tant me demandait de le tuer. Je ne savais pas si j'avais la force de le faire.

J'ai serré les dents et les poings alors qu'un rire noir emplissait la pièce.

« Tu pleures pour moi ? »

Sa voix était sombre, et les yeux bleus de mon frère avaient disparu. J'ai regardé le démon à travers mes yeux larmoyants. La colère m'a envahi lorsque j'ai réalisé que mon frère était piégé dans son propre corps, à la merci d'Eurynomos. Même si ça me faisait mal, je savais ce qu'il fallait faire.

Eurynomos m'a frappé, mais j'ai paré chacun de ses coups avec les miens. Au fur et à mesure que nous nous battions, la colère montait en moi, et je sentais un pouvoir m'envahir. A un moment, j'étais remplie de ce pouvoir. Dans un grand relâchement, j'ai libéré cette énergie sur lui. C'était une force pure qui venait du plus profond de mon âme. Eurynomos est tombé au sol, frappé par la colère de la Déesse. Il respirait lourdement alors qu'il était allongé sur le sol.

Je me suis emparé d'une épée posée sur le sol à proximité et je me suis mis à califourchon sur son corps.

Il me fixait avec ses yeux sans âme. « Tu ne ferais pas de mal à ton propre frère, n'est-ce pas ? »

J'ai répondu sévèrement, « Mon frère est déjà mort. »

J'ai plongé l'épée dans son coeur, poussant l'énergie de la Déesse à travers lui. Une lumière blanche a émané de l'épée, déchirant sa peau. Un cri d'agonie a rempli la pièce alors que son corps se déchirait lentement sous l'effet de l'énergie de la Déesse. Après quelques secondes, le cri a disparu, et le démon était mort. J'ai fait un pas en arrière alors que de l'énergie blanche se répandait dans la pièce, tout autour du corps du démon.

Au même moment, Zach et Steven sont revenus dans la pièce, ayant finalement éliminé les démons inférieurs. Steven avait repris sa forme humaine et m'a pris dans ses bras. Nous avons regardé avec stupéfaction les restes du corps du démon s'agiter sur le sol.

Une voix de femme résonnait tout autour de nous : « Il est temps pour vous de retourner à votre place. »

Une brume sombre a semblé être aspirée dans le vide. Une lumière blanche et brillante est apparue à côté de nous, et a pris la forme d'une belle femme. Ses cheveux étaient blonds, presque blancs, et l'air brillait de la lumière de sa couronne dorée.

Elle m'a souri. « Tu as bien fait, ma fille. »

Elle a étendu ses bras vers moi, et j'ai couru dans son étreinte. Une vague d'émotions m'a envahie. J'ai commencé à pleurer, mais je ne savais pas pourquoi. Je venais de tuer mon frère et un démon. Je rencontrais enfin la Déesse qui était censée être ma mère. J'étais juste accablée et j'ai tout laissé couler.

Elle a caressé mes cheveux doucement.

« Chut, mon enfant. Tout va bien. C'est fini. »

Elle fixait le cadavre de ce qui avait été mon frère. « Quel dommage », a-t-elle commencé doucement. « Il avait si bien fait de t'aider. Le destin a été injuste envers lui. »

Elle a levé sa main vers le corps de Will, puisant de l'énergie. Un vent puissant a envahi la pièce. Une silhouette a commencé à émerger du corps, et pendant un moment, je me suis demandé si c'était Will, revenant à la vie. Deux immenses ailes de plumes noires ont surgi de son dos alors que l'homme s'élevait du corps mort. Ses cheveux, autrefois noirs, étaient maintenant d'un blanc éclatant. Deux cornes noires ornaient sa tête, rappelant son pacte avec le démon. Une armure noire couvrait la majeure partie de son corps, et il portait deux épées lourdes. Mais une énergie blanche pure émanait de lui, et ses yeux étaient d'un bleu pur. Il se tenait debout, puissant et pur. Il a déployé ses ailes, et j'ai réalisé qu'il en avait trois paires. Deux d'entre elles étaient noires, l'autre paire d'ailes était blanche. Il s'est tourné vers moi et a souri.

« Tu l'as fait, ma soeur. »

J'ai couru dans ses bras. « Will ! »

Des larmes ont coulé sur mon visage. Il m'a serrée très fort dans ses bras et a embrassé le sommet de ma tête.

Il a murmuré : « Merci. »

J'ai fait un pas en arrière quand la déesse de la lune lui a fait signe.

« Je t'ai donné la vie éternelle. Ton devoir sera maintenant de garder Eurynomos, et de t'assurer qu'il reste scellé, afin qu'une telle chose ne puisse plus jamais se reproduire. »

Will a incliné sa tête. « Comme vous le souhaitez, ma Déesse. »

Puis elle a souri et ajouté : « Mais tu ne seras pas seul. »

Une lumière blanche a brillé à côté de la déesse. Une femme est apparue dans la pièce. Sa peau était fauve, et ses yeux étaient d'un brun profond. Elle portait une robe blanche décorée de fils d'or. Elle avait un ensemble d'ailes blanches et dorées et portait un sceptre d'or. Les yeux de Will ont brillés quand il l'a vue, la bouche grande ouverte.

Elle a couru dans ses bras. Il l'a enlacée, l'a soulevée dans les airs et leurs bouches se sont écrasées l'une contre l'autre. Des larmes ont coulé sur leurs joues pendant qu'ils s'embrassaient. Quand ils se sont finalement séparés, il lui a murmuré, « Je ne peux pas croire que tu sois enfin dans mes bras à nouveau. »

La Déesse de la Lune a souri. « Ensemble, vous veillerez à ce qu'Eurynomos reste scellé pour l'éternité. »

Ils ont tous deux fait un signe de tête à la Déesse. Elle a ouvert un portail pour eux. Will a lié ses doigts à Leila, la regardant comme si elle était le trésor le plus cher du monde.

Ils nous ont tous les deux salués en marchant paisiblement vers le portail, où ils resteraient pour l'éternité. J'étais triste de voir mon frère partir, mais soulagée qu'il ait retrouvé sa compagne. Je savais qu'il nous garderait en sécurité. J'avais foi en lui. Eurynomos resterait scellé.

La Déesse nous a fait un geste, puis a disparu de la pièce.

Les bras de Steven m'ont entouré quand la réalité est revenue. C'était terminé. Le démon était vaincu.

« Rentrons à la maison », ai-je dit à Zach et Steven.

Ils ont hoché la tête, et nous avons commencé à sortir du château. L'armée du démon était morte ou avait fui vers les Enfers.

Lorsque nous sommes entrés dans la cour, les dragons étaient tous debout et nous attendaient. Cara et Ladon ont fait un pas vers nous lorsque nous sommes sortis. Ils nous ont fait un signe de tête, et même si je ne pouvais pas communiquer avec eux, je pouvais comprendre la gratitude qu'ils ressentaient. Leurs maîtres étaient réunis et pouvaient s'aimer pour l'éternité.

Les dragons nous ont fait un signe de tête et se sont envolés ensemble vers l'ouest. Je suppose que leur tâche était accomplie. Ils étaient maintenant libres de faire ce qu'ils voulaient.

Steven a parlé dans mon esprit, « Maintenant que le démon est mort, est-ce que ça veut dire que je vais enfin pouvoir te marquer comme ma compagne ? »

Je lui ai adressé un sourire en coin. Je n'avais pas besoin de répondre. Son loup a compris et a ronronné dans sa poitrine.

« Rentrons à la maison », ai-je dit à voix haute.

Steven a ajouté : « Hé Zach, ça te dérange de voler avec Bianca ? Nous reviendrons plus vite si je cours sous ma forme de loup, et que tu voles. »

Zach lui a adressé un sourire en coin. « Eh bien, tu es impatient de rentrer à la maison, n'est-ce pas ? »

Steven a ri à sa question. « J'ai des affaires qui m'attendent. »

Je pouvais sentir son besoin de moi à travers notre lien d'âmes sœurs. Il attendait cela depuis des années maintenant. Il n'a pas attendu de réponse et a pris sa forme de loup. Zach m'a pris dans ses bras, et nous avons volé en direction du château des vampires. Je me suis accrochée à Zach en regardant le loup de Steven courir sous nos pieds.

Épilogue (Bianca)

Un nouvel espoir

Le petit prince dormait dans mes bras tandis que je le berçais. Il avait les cheveux bruns de son père et les yeux noisettes de sa mère. Le premier hybride loup-garou-vampire à naître. Ou si l'un d'entre eux était né un jour, l'histoire l'avait oublié. Les anciennes légendes parlaient de la puissance des hybrides. Serait-il un bon souverain ? Tout ce que je savais, c'est que cet enfant était aimé par tous les membres de sa famille, qu'ils soient vampires ou loups-garous. Kate était une mère merveilleuse, et

Damien était fier et désireux de lui montrer comment être un bon souverain.

J'ai souri et mes pensées ont dérivé vers Steven. J'avais fini par le laisser me marquer, cédant aux désirs de son loup. C'était il y a quelques mois, mais les souvenirs étaient toujours aussi délicieux qu'à l'époque. Quand nous sommes revenus à la meute, après avoir tué Eurynomos, nous avons découvert que Jane avait quitté la meute après que Will ait rompu avec elle, pour ne jamais revenir. La meute avait été laissée seule et sans protection. Nous leur avons dit que Will était mort sans parler du marché qu'il avait conclu avec le démon. La meute était heureuse de nous voir et m'a acceptée avec joie comme leur Luna, et mon compagnon comme leur Alpha. Après tout, j'étais la fille de l'ancien Alpha.

Nous sommes venus en vacances au château dès que nous avons appris que Kate et Damien avaient eu le bébé. Je savais que ce bébé ferait un bon prince. J'aurais aimé que Will et Leila puissent le rencontrer. Même si je savais que son oncle veillerait toujours sur lui.

Au moment où je pensais à cela, une lumière a jailli à l'extérieur, et deux moineaux se sont posés sur le bord de la fenêtre. J'ai souri. C'est vrai, sa tante veillait aussi sur lui, aux côtés de son compagnon. Les deux moineaux se sont envolés à l'intérieur de la pièce, chantant une mélodie joyeuse avant de repartir dans la chaude matinée de printemps.

J'ai bercé le bébé en fredonnant une chanson elfique qu'Elashor m'avait apprise. Une chanson sur un grand héros et sa compagne aimante. L'un est un ange sombre et déchu, l'autre s'est sacrifiée, pure comme la lumière. Ensemble, ils gardent le démon à distance, afin que le monde des vivants puisse être en paix.

Un mot de l'auteur

Bonjour,

J'espère vraiment que vous avez apprécié « Déchu ». N'oubliez pas de laisser un commentaire sur Amazon et Goodreads. Les commentaires sont le meilleur moyen de soutenir les auteurs.

Vous voulez en savoir plus sur le petit prince? Un assassin vampire **moralement gris**. . . mauvais, dans tous les sens du terme. Un roi sexy mi-vampire, mi-loup-garou, des elfes, des dragons, de la magie et de la trahison. Les lecteurs sont **OBSÉDÉS** par Caleb. Préparez-vous à perdre le sommeil dans cette nouvelle romance dark fantasy primée et best-seller.

« Rien ne comptait plus que les battements doux et alléchants du cœur dans la poitrine de cette femme, qui faisaient frémir la bête en moi. »

https://www.amazon.fr/dp/B0CN3NQ8WK

Vous voulez en savoir plus sur les origines de la meute de Leila ? Plongez dans un monde ancien plein d'amour, de luxure, de tromperie et de mort.

Découvrez la vérité sur ceux que l'on appelait les Gardiens de la déesse.

Achetez votre exemplaire dès maintenant sur Amazon !

https://www.amazon.fr/dp/B0C54BJVFS

N'oubliez pas de vous inscrire à ma liste de diffusion ! Et si vous en avez envie, allez sur mon site web, et envoyez-moi un e-mail. J'aimerais beaucoup en savoir plus sur vous ! Qu'est-ce que vous aimez ? Quel est votre genre de livres préférés ? Qu'est-ce que vous méprisez dans une histoire ?

Merci pour votre amour et votre soutien,

Danielle Paquette-Harvey

daniellephauthor.com

Remerciements

Je n'arrive pas à croire que c'est la fin de ma première série ! Quelle incroyable aventure cela a été ! Merci à tous ceux qui ont cru en moi.

Bien sûr, je tiens à remercier mon mari, Martin, et mes enfants pour leur amour et leurs encouragements. Vous êtes incroyables et je suis si heureuse de vous avoir dans ma vie ! Je ne peux pas imaginer ma vie sans vous.

Je veux remercier mes triplés de l'âme. Vous êtes incroyables, et votre amour et votre soutien représentent tout pour moi. Je vous aime de tout mon coeur.

Merci à tous mes amis proches ! Ceux que je connaissais avant de devenir auteure, et ceux que je me suis faits depuis que je suis devenue auteure. Oui, les amis virtuels comptent autant que les amis qui vivent à proximité. Vous faites désormais partie de ma vie. Je parle à certains d'entre vous tous les jours. J'espère qu'un jour, je pourrai rendre visite à chacun d'entre vous !

La vie est folle ! Nous sommes tous occupés, mais j'espère que nous ne serons jamais trop occupés l'un pour l'autre. L'amour est ce qui nous rend forts.

Je vous aime ! A bientôt.

Danielle